KB080101

가만히
　들
여다
보니

정정애 에세이

가만히 들여다보니

인쇄 2022년 5월 2일
발행 2022년 5월 9일

지 은 이 | 정정애

펴 낸 곳 | 도서출판 우인북스
등록번호 | 385-2008-00019
등록일자 | 2008. 7. 13
주　　소 | 안양시 동안구 시민대로 272, 1305호
전　　화 | 031-384-9552
팩　　스 | 031-385-9552
E-mail | bb2jj@hanmail.net

ISBN 979-11-86563-28-1
값 1,4000 원

가만히

들여다보니

정정애 에세이

우인북스

　개울물이 흐르면서 만들어 놓은 삼각주에 모래와 잔돌들이 많이 모여 있다. 물에 씻기어 깨끗한 작은 돌을 골라 옷자락에 한아름 안고 와 그늘진 마당가에 쌓아 놓았다. 많은 돌멩이를 모아 놓고 하는 공기놀이는 참 재미있었다. 여름내 지치지 않고 즐길 수 있는 많은공기는 혼자 해도 재밌고 여럿이 하면 더 재미있었다.

　오십여 년, 잊고 살았던 어린 시절 그 고향으로 마음이 자꾸만 달려가고 있다. 울타리 안과 밖에서 여름내 피고 지던 풀꽃들의 은은한 향기가 미풍에 실려 오던 곳, 사람들 소리보다 새와 풀벌레의 노래, 자연의 소리가 더 많이 들리던 곳, 마음은 줄곧 맑은 물 흐르는 개울가 그곳에 앉아 있곤 한다.

　밤나무를 타고 올라간 커다란 다래나무 둥치에 앉아 도랑물에 발 담그고 책을 읽던 여름날, 온종일 말 한마디 못해 보고 푸른 하늘에 흰 구름만 쳐다보며 무료하던 그 여름날들이 새삼 그리움으로 다가온다.

마당가에 쌓아 둔 공깃돌 틈새에서 잠자고 있던 기억들, 울타리 나뭇가지에 걸려있던 추억들을 모았다. 누군가에게 한 번쯤 들려주고 싶은, 말로 전하지 못했던 이야기들을 꺼내어 종이 위에 옮겨 본다.

내 인생 갈피에 끼어 있는 이야기들이 누군가와 공감이 되었으면 하는 바람으로 평범한 일상 속 나의 이야기들을 책 속에 담아 본다.

2022년 3월, 봄이 오는 길목에서

PART 2 ; 꽃밭 위에 낮달이

PART 3 : 저만치의 거리

PART 4 : 향적봉 가는 길

PART 5 ; 승광재를 찾기 위해

□ 삽화 │ 정정애

PART 1
사랑해서

그 집

　왕방산 아래 그 집은 문이 두 개였는데, 큰 나무 대문은 해가 뜨는 동쪽을 향해 나 있고 초록색 양철 문은 마당과 텃밭으로 이어졌다. 그 집 사람이나 이웃들은 주로 양철 문으로 드나들었다.

　큰 나무 대문은 웅장했다. 문 앞에는 오래된 향나무 한 그루가 수호신처럼 서 있었는데, 첫닭이 울기도 전에 삐익, 요란한 소리를 내며 대문이 열렸다. 아버지의 큰기침과 함께 들리는 그 소리는 가족들과 이웃의 새벽잠을 깨웠다. 대문을 일찍 열어 놓아야 복이 들어온다고 어른들은 아이들을 가르쳤다.

　큰 대문 앞에 서면 읍내 전경과 멀리 수원산까지 시야에 들어왔다. 넓은 평야를 이룬 앞 논은 끝도 안 보일 만큼 넓었는데, 보는 것만으로도 마음이 넉넉하고 풍요로웠다. 보릿고개를 넘을 때면 어른들은 그 들녘을 바라보며 풍년을 기원했다.

　그 집은 안마당을 중심으로 안채와 사랑채가 연결된 미음자字

집이다. 돌담과 나무 울타리가 반반씩이어서, 그 조화가 운치 있다. 울안을 돌아 밖으로 흐르는 도랑은 낭만적이기도 하지만 생활에도 많은 도움이 된다. 무더운 여름날이면 가족들은 도랑에서 등목도 하고 빨래도 한다. 냉장고가 없던 시절, 음식을 시원하게 저장하는 역할도 했다.

그 집은 사계절 내내 아름답다. 봄부터 가을까지 갖가지 꽃들이 쉴 새 없이 피고 진다. 큰 대문 앞 우물가에 있는 해당화가 큰 나무를 타고 올라가 붉은 꽃을 피우면 사람들은 불이 난 것 같다며 그 아름다움을 이야기했다. 모내기할 즈음엔 수국 나무가 꽃을 피우는데 커다란 꽃송이가 사발만큼 커서 사발 꽃이라 했다.

돌담 밖 큰 살구나무에 꽃이 피는 봄이면 아이들은 아예 꽃 속에 묻혀 살았다. 살구 꽃잎은 떨어져 눈송이처럼 쌓이고, 아이들은 꽃잎을 모아서 서로의 머리 위에 뿌리며 깔깔 웃어 댔다.

계절이 바뀌면 꽃은 열매가 된다. 뒤뜰에서는 갖가지 과실나무가 계절에 맞추어 익어 갔다. 제일 먼저 빨간 앵두가 익고 이어서 살구가 주황색으로 익는다. 고등학생인 그 집 오빠와 타지에서 유학 온 오빠가 살구나무에 올라가 가지를 흔들면 잘 익은 살구가 우르르 떨어진다. 바가지 가득 살구를 주워 담으면서 교복을 입은 오빠들이 참 멋있다고 생각했다. 검은 겨울 모자에 하얀 천으로 덮개를 씌운 하복 모자도 근사해 보였다.

나는 왠지 수줍어 오빠 얼굴을 제대로 쳐다볼 수 없었다. 그렇게 살구나무 햇살 아래서 설렘을 배웠다.

모내기, 보리타작하는 동네 어른들의 노동요 소리가 울려 퍼지면 화려했던 그 집의 봄도 지나간다.

여름이 오면 꽃이 진 자리에 잎이 돋아나 집 안팎이 모두 푸르다. 눈부신 태양이 정수리를 뜨겁게 내리쬐면 텃밭에서는 노란 참외와 얼룩무늬 개구리참외, 그리고 터질 듯 붉은 토마토가 익어 간다. 저녁 먹은 후에는 대청마루에 둘러앉아 도랑에 담가 두었던 수박을 쪼갠다. 시원한 수박 파티는 여름에만 누릴 수 있는 호사다.

조금씩 더위가 밀려날 즈음엔 논두렁에서 양재기를 두드리는 소리가 요란하게 울려 퍼진다. 노랗게 익어 가는 벼이삭을 지키기 위해, 목이 쉬도록 휘이 휘이 참새 쫓는 소리로 어머니의 가을날이 저문다. 더위를 먹고 자란 벼이삭이 겸손하게 고개를 숙이면 들녘은 온통 황금빛이다. 보리밥 먹기 싫어 우는 아이에게 조금만 참으면 하얀 밥 먹을 수 있다고 인내를 가르치는 어머니의 다독임으로 계절이 익어 간다. 까만 씨를 품은 해바라기가 태양을 따라 도는 동안 가을도 깊어 간다.

천지가 꽁꽁 얼어 버리는 겨울이 오면 그 집 논배미는 썰매장이 된다. 논에 모여든 아이들은 널빤지에 굵은 철사를 대어 만든 썰매를 타고 넓은 빙판을 힘차게 달린다. 중심을 잡지 못해 넘어져 엉덩방아를 찧고 얼음 조각에 손바닥을 베어도 신이 난다. 어린 계집애들은 오라비 꽁무니를 졸졸 따라다닌다. 썰매 위에 책상다리하고 앉아 두 팔을 뒤로 하여 오라비 다리를 꼭 잡으면 오빠는 힘겹게 꼬챙이질을 하며 달려 나간다.

얼음지치기에 싫증난 아이들은 팽이치기를 한다. 얼음 위에서 팽이는 더 잘 돌아간다. 힘을 잃고 비틀대는 팽이를 닥나무 껍질로 만든 채찍으로 때리면 다시 살아나 뱅글뱅글 잘도 돈다. 그 시절 얼음 위에서 뱅뱅 돌던 팽이는 내 기억 속에서 지금도 계속 돌고 있다.

눈이 내리면 그 집 오빠들은 오빠만큼 큰 눈사람을 만든다. 숯덩이와 솔가지를 꺾어 눈, 코, 입을 만들고 큰일이라도 한 것처럼 뽐낸다.

그 겨울 썰매를 타며 오라비와 나눈 정은 지금도 아련한 그리움이다. 추운 줄도 모르고 마냥 즐거웠던 그 겨울을 오빠도 기억하고 있을까?

그 집은 아이들이 모여드는 놀이터였다. 얼음이 녹기 시작하면 아이들은 동네에서 제일 큰 그 집 마당으로 모여든다. 남자아이들은 마당 끝에 구멍을 파서 자치기를 한다. 한쪽에선 여자아이들이 사방치기, 줄넘기, 땅따먹기 놀이로 즐겁다. 다 같이 모여

하는 숨바꼭질은 해가 져도 그칠 줄을 모른다. 깡통에 돌멩이를 넣고 우그러뜨려서 발로 차는 깡통 차기는 저녁밥 짓는 연기가 하늘로 퍼지고 어둑하게 땅거미가 질 때까지 이어진다. "밥 먹어라" 부르는 엄마 재촉을 받고서야 각자 집으로 흩어졌다.

굴뚝에서 피어오르던 저녁연기가 노을빛으로 물드는 집, 커다란 대문과 돌담 사이사이 어린 날 추억이 쌓여 있는 집, 그 아름답던 집이 사라졌다. 돌담 대신 소나무가 서 있고 돌기와집 자리엔 아담한 양옥집이 들어섰다.

동네 아이들이 모여 놀던 커다란 마당도 자취를 감추었다. 해지는 줄 모르고 뛰놀던 아이들도 다 흩어졌다. 나에게 설렘을 눈뜨게 한 오라비들도 이제 그곳에 없다.

봄밤엔 개구리 울음소리에, 여름날엔 맹꽁이 합창에 밤잠을 설치던 그곳. 다시 돌아갈 수 없는 그 시절, 같이 놀던 친구들이 그립다. 나를 설레게 했던 그 오빠는 지금 어디에서 어떤 모습으로 살아가고 있을까? 그때를 함께 추억할 이가 그립다.

정월 대보름

아침에 일어나 잠이 덜 깬 눈을 비비며 방에서 나오는데 먼저 일어난 오빠가 부른다. "왜" 대답했더니 "내 더위 사가라" 외치고는 좋다고 활짝 웃는다. 그렇게 더위를 팔면서 정월 대보름 아침이 밝아 오고 하루가 시작된다.

엄마는 한 해 동안 부스럼이 안 생긴다고 아이들에게 밤이나 호두를 깨물라고 하신다. 딱딱한 밤이 잘 깨물어지지 않아 얼굴이 일그러지던 동생과 조카의 모습이 떠오른다. 엄마는, 일년 내내 귀가 밝아지는 약이라며 조반 전 밥상 앞에서 식구들에게 귀밝이술을 조금씩 먹여 주신다. 어른은 한 잔, 아이들은 수저에 한 모금씩, 향긋한 술 내음에 입맛을 다시며 아이들은 조금 더 먹고 싶어 했다.

대보름날 아침 밥상에는 하얀 쌀밥이 한 그릇씩 오르고, 어머니 손에는 바가지가 들려 있다. 여름내 외양간 지붕 위에서 보름달처럼 둥글게 자란 박을 타서 만든 바가지다. 엄마는 식구들

앞으로 다니면서 각자의 밥그릇에서 밥을 한 수저씩 떠서 김밥을 싸고, 바가지에 담는다. 생일날이나 명절이 되어야 먹을 수 있었던, 귀한 김밥이 담긴 그 바가지를 가지고 엄마는 개울로 가신다. 흐르는 개울물에 김밥이 담긴 바가지를 띄워 보내며 일년 내내 가족들이 물에서 사고 나지 않기를 용왕님께 비셨다.

그렇게 바쁜 아침 일과가 끝나면 엄마는 달맞이할 횃불을 준비하신다. 설날이 사나흘 지나면 우리들은 들에 나가 마른 풀줄기를 꺾어다 뒤뜰에 쌓아 둔다. 일년생 풀인데 우리는 그걸 담복이라고 불렀다. 엄마는 담복으로 홰를 매면서 아이들 나이 숫자만큼 끈으로 묶어 나이테를 만드셨다. 열 살 미만 아이들 홰는 통통하고 귀엽다. 나이가 많아질수록 홰의 크기가 길어져서 중심에 막대기를 넣어 만드셨다. 나는 나이에 따라 점점 커지는 홰가 괜스레 자랑스러웠다. 어서 저녁이 되어 둥근달이 떠오르기를 조급히 기다렸다.

저녁 식사는 만둣국이다. 섬만두라고 하는 쌀가마니를 닮은 네모난 모양의 만두다. 섬만두를 많이 빚어 먹어야 풍년이 온다고 엄마는 가마솥 가득 끓이시고, 서둘러 저녁을 먹은 후에는 울타리 너머 달님이 떠오를 동녘 하늘을 자주 바라보곤 하셨다. 어른들도 아이들처럼 마음이 들뜨기는 마찬가지인가 보다.

누군가가 '달이 떴어요.' 라고 외치면 준비해 둔 홰를 들고 엄마와 함께 가족들이 우르르 넓은 뜰로 달려나간다. 둥근달이 환하게 떠오른 뜰에 이미 나와 있던 이웃들과 어울려서 엄마는 아이들 홰에 돌아가면서 불을 붙여 준다. 아이들은 신이 나서 달님을 향해 햇불을 쳐든다. 달님을 향해 고개를 숙이며 "달님 달님, 공부 잘하게 해 주세요." 하며 소원을 빌었다. 정말 달님이 우리의 소원을 들어줄 거라고 믿었다. 어른들은 아이들 뒤에서 햇불이 잘 타도록 묶어 놓은 끈을 느슨하게 풀어 주며 당신들의 소원을 비셨다. 달이 불쑥 솟아올라 진지한 우리들 모습을 밝게 비출 때쯤이면 햇불 놀이는 끝이 난다.

남자아이들의 연날리기와 깡통 속에 불을 넣고 돌리는 불꽃놀이가 시작된다. 초를 입힌 실타래가 얼레에서 풀리며 연이 하늘 높이 올라간다. 동네 아이들 중 제일 연을 잘 날리던 조카의 방패연이다. 연이 까만 점이 되어 보이지 않게 되면 결연히 실을 끊는다. 겨우내 날리던 연이 멀리 날아가면 액운도 날아간다고 믿었고 그해 연 놀이도 끝이 난다.

달맞이를 마치고 집으로 돌아온 엄마는 잣불 켜기를 하신다. 식구들이 둥그렇게 모여 앉으면 어른부터 차례로 바늘에 잣을 끼워 불을 댕긴다. 잣이 활활 잘 타오르면 그 사람은 일 년 신수가 좋다고 웃으셨다. 아이들은 "우리도요. 우리도 해 주세요." 하며 조른다. 엄마는 우리 이름을 차례차례 부르며 잣에 불을 붙였다. 내 차례가 되었을 때, 내 몫의 잣이 잘 타지 않을까 봐 조마조마하며 지켜보았다. 잣불 켜는 엄마의 모습이 신기하고 엄

숙해 보였다. 기름을 머금은 잣이 잘 탈 수밖에 없는데 그렇게라
도 옛 어른들은 일년이 무사할 것이라 믿고 싶었나 보다.

　연날리기와 불꽃놀이하던 아이들이 돌아오고, 우리는 만둣국
끓일 때 같이 넣어 삶은 가래떡을 조청에 찍어서 출출해진 배를
채운다.

　그 시절에는 설부터 보름까지가 명절이었다. 동네 청년들이 마
당에 모여 윷놀이도 하고 제기차기도 하면서 명절을 즐겼다. 남
자 어른들은 보름 동안 먼 친척집까지 찾아다니며 문안 인사를
드렸다. 우리집을 찾아오는 젊은이들에게 엄마와 언니는 만둣국
을 끓여서 대접하였다. 보름이 지나고 나서야 각자의 자리로 돌
아간다.

　나이 들면서 사라져 간 옛 풍습이 생각나고 그립다. 전통 놀
이는 여럿이 함께할 수 있어서 자주 못 만나는 사람과도 쉽게
친근해 질 수 있다. 핸드폰이 최고로 재미있다고 하는 내 손자들
에게 사라져간 풍습을 보여 주고 싶다. 내 자식들과 함께하지 못
해 가장 아쉬운 것은 횃불 놀이다. 나에게 횃불을 만들어 줄 엄
마는 이제 없지만 칠십 개의 나이테를 묶은 홰를 들고 손자들과
달님을 향해 "달님 공부 잘하게 해 주세요." 하던 달맞이하는 풍
습을 함께 해 보고 싶다.

여름 숲에는

한나절 내리던 비가 그치자 오빠가 종다래끼를 허리에 차고 집을 나선다. 대청마루 위로, 온종일 내린 비에 시원해진 숲에서 싱그러운 바람이 건듯 불어온다. 한줄기 비가 더위를 몰아내자 싱싱한 여름은 한층 더 푸르르다. 나뭇잎에 맺혀 있는 투명한 물방울들은 탱글탱글 보석처럼 영롱하고, 숨죽이고 있던 매미가 곳곳에서 다시 울기 시작한다.

오빠는 들고 나간 종다래끼에 버섯을 한가득 채워 돌아온다. 등이 푸른 기와버섯, 새하얀 이슬 버섯, 붉은색의 밤버섯, 갈색의 싸리버섯, 갓을 닮은 갓버섯, 새까만 석이버섯……. 숲속에 삐쭉 솟아 있던 버섯들은 비를 맞으면 우후죽순처럼 쑥쑥 자란다. 그걸 알고 있는 오빠는 비가 그치면 다래끼를 들고 산으로 버섯을 따러 가곤 했다. 풀잎에 맺혔던 빗물에 젖어서 오빠의 남방과 바지가 몸에 착 달라붙어 있다.

빗물과 땀으로 범벅된 오빠는 버섯을 보고 흐뭇해하는 엄마 곁을 지나 슬그머니 울안 도랑으로 갔다.

갓 채취한 버섯에선 풋풋한 향내가 난다. 우리들이 제일 좋아
하는 버섯은 기와버섯이다. 활짝 피기 전에 오목한 기와버섯의
기둥을 따고 그 안에 소금을 솔솔 뿌려 화롯불에 구우면 쫀득
하고 짭조름한 것이 정말 별미다. 우리는 서로 앞다투어 작고 예
쁜 것을 골라 화롯가에 쪼그리고 둘러앉는다. 석쇠에 올려놓은
버섯에 물이 생겨 바글바글 끓기 시작하면 서로 먼저 먹으려고
눈치를 보면서 지켜보곤 했다.

오빠가 따온 버섯은 그날 저녁 식탁에 오른다. 울타리에 열린
호박이랑 텃밭에서 따온 고추와 대파를 숭숭 썰어 넣고 끓인 고
추장 버섯찌개는 정말 맛이 있다. 버섯의 쫄깃한 식감도 좋지만,
호박의 단맛이 나는 국물에 밥을 말아 먹으면 순간에 밥 한 그
릇이 뚝딱이다. 그 시절에 조미료가 있었던 것도 아닐 텐데 엄마
의 손맛 때문인지, 고추장 버섯찌개는 지금까지 잊히지 않는 맛
있는 음식으로 기억 속에 남아 있다. 가끔 엄마 흉내를 내며 갖
가지 야채와 버섯을 넣고 고추장찌개를 만들어 보지만 그 옛날
엄마의 찌개 맛은 따라갈 수가 없다.

고향에 갈 때마다 조카에게 묻는다. 지금도 동산에 버섯이 자
생하는지를. 여전히 숲에는 버섯이 자라고 있지만, 요즘은 아무
도 산에서 따온 버섯을 좋아하지도 즐겨 먹지도 않는다고 한다.

내게는 그렇게 맛있던 음식이 요즈음 젊은이들에겐 왜 맛이 없는 걸까?

　돌아오는 여름, 비가 오는 날 고향에 가야겠다. 나이 드신 오빠 대신 종다래끼를 들고 숲으로 가야지. 숲속에 지천으로 피어 있는 풀꽃 향기 맡으며 나물도 하고 버섯도 따 가지고 와야지. 그리고 지금은 사라진 화로 대신 프라이팬에 기와버섯을 구워 오빠에게 드려 봐야지. 그 옛날 오빠가 따온, 종다래끼에 그득했던 버섯이 정말 맛있었다는 이야기와 함께.

엄마의 장독대

외출에서 돌아오는 남편의 손에 항아리가 들려 있다. 반질반질 윤기 흐르는 예쁜 항아리다. 누군가의 사랑을 받다가 변해가는 풍습에 밀려 문밖으로 쫓겨났나 보다. 고추장, 된장을 마트에서 손쉽게 구매할 수 있게 된 요즈음, 우대받던 항아리도 가볍고 다루기 편한 용기에 자리를 빼앗기고 푸대접을 받는다.

버려진 항아리를 보니 어릴 적 정겨웠던 엄마의 장독대가 떠오른다. 햇볕 잘 드는 곳에 반듯한 돌을 쌓아 만든 장독대에는 항아리들이 키 큰 순서대로 나열되어 있다. 엄마는 아침이면 간장, 고추장 항아리 뚜껑을 열어 햇볕이 들게 하셨다. 해가 서쪽으로 기울고 엄마가 "얘야, 장독 뚜껑 덮어라." 하면 누구랄 것도 없이 먼저 듣는 사람이 달려갔다. 집안이 망하려면 장맛부터 변한다는 속설을 믿었던 엄마는 날마다 물행주로 간장독과 고추장, 된장이 담긴 항아리를 닦으셨다. 엄마의 장독대는 언제나

정갈하고 정감 있었다. 엄마는 윤기 도는 항아리를 바라보면서 '장은 그 집안의 운을 좌우한다'며 흡족해하셨다.

돌담 밖 살구나무와 자두나무, 복숭아나무에 꽃이 피면 엄마 장독대에 환한 봄이 찾아든다. 맨 뒷줄 제일 큰 독 안에는 간장이 가득 차 있고, 열어 놓은 독 안으로 맑은 하늘과 하얀 구름이 잠긴다. 파란 하늘에 떠 있는 흰 구름과 간장독에 빠진 구름을 번갈아 바라보는데 간장 속에 내 얼굴이 나를 쳐다본다.

장독대 주변에는 봄부터 가을이 깊어질 때까지 갖가지 꽃들이 피고 지기를 반복했다. 탐스러운 꽃송이를 주렁주렁 매달고 있는 봉숭아, 붉게 타오르는 샐비어, 닭 볏 같은 맨드라미, 엄마를 닮아 우아한 접시꽃, 돌 틈에 핀 채송화, 백일홍과 천일홍, 과꽃……. 해 질 녘 피어나는 분꽃은 저녁밥 지을 시간에 봉우리를 연다. 옆집 새댁이 시집올 때 입은 치마저고리처럼 노랑 분홍빛이다.

여름으로 접어드는 계절에 오빠가 군대에 갔다. 오빠의 뒷모습을 바라보는 엄마의 눈에 근심이 가득했다. 고된 훈련을 잘 견뎌 낼 수 있을지, 객지로 떠난 아들이 안쓰러운 엄마는 짧은 여름밤을 걱정으로 지새웠다.

오빠가 집을 떠난 후, 엄마는 아침저녁으로 밥이 한가득 담긴 밥그릇을 부뚜막 위에 놓아두었다. 오빠 몫이었다. 객지에서 배

곯지 않기를 바라는 엄마 정성이 담긴 밥그릇이다. 그러고도 마음이 놓이지 않아서 해 질 무렵이면 펌프에서 새로 퍼 올린 물을 사발에 가득 담아 들고 장독대로 가셨다. 가장 큰 장독 위에 물그릇을 올려놓고 두 손을 모아 허리를 굽히며 오빠의 무사안일을 빌었다. 오빠가 제대할 때까지 이어진 이 일은 엄마가 외출에서 늦거나 집을 비우실 때는 온전한 내 몫이었다. 엄마가 하던 것처럼 장독대 위에 물그릇을 놓고 꾸뻑 고개 숙이는 것이 고작이었다. 엄마가 떠 놓은 정화수에 정성과 염원이 담겨 있다면 내가 떠다 놓은 물그릇은 그냥 물일 뿐이었다.

물그릇을 놓고 돌아서면 초저녁 하늘엔 별들이 나타나기 시작한다. 돌계단 위에 걸터앉아 어둠으로 물든 하늘의 별을 헤아리고, 군대에 간 오빠, 걱정 가득한 엄마 얼굴도 그려 본다. 그럴 때 장독대 돌 틈 사이에 핀 하얀 부추꽃이 바람에 흔들린다. 알 수 없는 먼 미래를 그려 보는 내 마음도 부추꽃처럼 흔들린다. 그렇게 여름이 지나갔다.

가을 햇살을 받아 돌담 옆 배나무에서는 배가 황금색으로 익어 가고 사과도 빨갛게 물든다. 개구쟁이 동생과 조카들은 나무에 대롱대롱 매달린 배를 붙잡고 한입씩 베어 물며 깔깔거린다. 돌담 밖 커다란 밤나무에서 알밤이 후드득 울안으로 떨어진다. 그렇게 가을은 여물어 간다.

회오리바람이 가랑잎을 휘몰아 하늘 높이 치솟더니 어디론가 멀어져 간다. 가을이 떠나고 엄마의 장독대에 겨울이 찾아온다. 계절이 바뀌면서 정화수 그릇은 사기에서 양은으로 바뀐다. 정화수는 장독 위에서 밤새 꽁꽁 얼어 얼음이 되고, 어떤 날은 고드름이 하늘을 향해 솟구치기도 한다. 그런 날이면 엄마는 더욱 간절하게, 두 손이 닳도록 빌고 비셨다. 장독대 곁에 말간 얼음덩어리가 수북하게 쌓이고 그 위로 하얀 눈이 내려 이불처럼 덮이면서 그렇게 겨울은 깊어간다.

따사로운 햇살에 얼음이 녹으면 아지랑이를 앞세우고 봄이 다시 돌아온다. 그렇게 반복되는 계절이 세 번 지나면서 엄마의 얼굴에 환한 미소가 깃들었다. 드디어 오빠가 돌아왔다. 미소년에서 사나이로 탈바꿈한 오빠의 모습이 왠지 멋져 보였다. 그사이 오빠는 어른이 된 듯했지만 애태우던 엄마의 마음은 알지 못했다. 정화수 떠 놓고 간절히 빌던 엄마의 뒷모습을 오빠는 한 번도 보지 못했으니까. 쪽찐 머리 아래 구부정한 허리, 그날의 간절했던 엄마의 뒷모습은 지금도 내 가슴에 오롯이 남아 있다.

우연히 하얀 부추꽃을 보는 날이면 기도하던 엄마의 뒷모습과 엄마의 정겹던 장독대가 떠오른다. 지금은 엄마도 장독대도 이 세상에 존재하지 않지만, 내게 그 시절은 여전히 그리움이다.

마음에 피는 꽃

봄날, 관악산에 오른다. 진달래가 분홍 입술을 벌리고 예쁘게도 피었다. 찬바람 맞고 핀 진달래꽃에서 알싸한 향기가 난다. 돌 틈 사이에 숨은 진달래 가지가 바람에 흔들린다. 분홍 물결이 산 곳곳에서 일렁이는데 애틋한 기억 하나가 아프게 떠오른다. 강산이 변한다는 세월이 다섯 번이나 지났는데도 그때의 감정은 조금도 늙지 않는다. 진달래를 보면 여전히 가슴이 먹먹하다.

내가 아직 어렸던 어떤 봄날, 풀밭에 누워 구름이 흘러가는 것을 바라보고 있었다. 산너머에는 어떤 세상이 존재할까? 미지의 세계를 동경했다. 다른 세상을 엿볼 수도 벗어날 수도 없는 현실이 막연하고 아득했다. 마침 그곳을 지나시던 이웃 아주머니가 내게 다가오시더니 조카를 보러 가지 않겠냐고 하셨다.
나에게는 귀여운 조카들이 여럿이었다. 연년 터울로 태어난 그 애들은 얼굴이 귀공자처럼 준수했고, 사람들의 귀여움을 독

차지하면서 곱게 자랐다. 그러다가 네다섯 살쯤 되면 희귀한 질병에 걸려 몇 년씩 앓고, 기어이는 가족들 마음에 상처를 남기고 세상을 떠났다.

그 얼마 전에도 조카 하나가 밤사이 사라졌다. 텃밭에 심은 토마토가 올망졸망 열리기 시작했을 때다. 툇마루에 앉아, 토마토가 익기만을 애타게 기다리던 그 아이는 열매가 익기 전에 떠났다. 토마토밭이 빨갛게 물들었지만, 가족 누구도 그걸 먹을 수가 없었다. 대문 앞 화단에 조카와 같이 심은 패랭이가 여름 내내 분홍 꽃들을 피워 냈다. 그 아이와 둘이 울 밑에 심었던 강낭콩 넝쿨은 무성하게 자라 울타리를 타고 올라갔고, 그해 가을 강낭콩이 주렁주렁 열렸다. 함께 씨앗을 심은 아이는 세상 어디에도 없는데……. 가족들 딱지 앉은 상처에 생채기 날까 두려워 울타리 밑에 쭈그리고 앉아 홀로 울었다.

아주머니는 작은 목소리로 그 조카를 보러 가지 않겠냐고 재차 내게 물었다. 슬프기도 하고 두렵기도 해서 가슴이 두근거렸지만, 입술을 꽉 물고 조심스레 아주머니 뒤를 따라갔다.

산골짜기 숲속을 한참 걷다가 초라한 돌무덤 앞에 멈춰 섰다. 순간 눈물이 왈칵 쏟아졌다. 무릎을 꺾고 주저앉았다. 주변을 둘러보니 아픈 내 마음 따위 아랑곳없이 따사로운 햇살이 산천을 애무하고 온 산은 분홍 물결로 넘쳐나고 있었다.

산등성이로 올라가 활짝 핀 진달래 꽃가지를 꺾었다. 그칠 줄 모르고 흘러내리는 눈물을 손등으로 훔치며 손끝 아리게 꺾은 진달래꽃 한 아름을 돌무덤 앞에 놓았다. 아무런 말도 할 수 없었다. 가슴이 터질 듯 저린 아픔을 감추려고 쳐다본 하늘엔 흰 구름이 무심한 척 산허리에 걸려 있었다.

누구에게도 말하지 못한 그날의 기억은 이미 하늘나라로 가신 아주머니와 나만의 비밀이 되었다.

어제 한 일도 깜박깜박 잊어버리고 때론 조금 전 이야기도 기억나지 않을 때가 있다. 그런데 그날의 기억은 아주 많은 시간이 지났는데도 머릿속에서 지워지지 않는다. 생명이 짧아 꽃이 아름다운 것이라면 함께한 날들이 적어 더 소중한 추억이리라.

사는 동안 내내, 봄이 오면 탈색되지 않는 분홍의 진달래꽃이 마음 가득 피어날 것이다.

오늘도 그날처럼 흰 구름이 산허리를 넘고 있지만 이젠 다른 세상을 그리워하지는 않는다.

그해 겨울

봄처럼 따스한 햇빛이 등뒤를 비추고, 실제 키보다 더 긴 그림자를 만든다. 그림자를 따라 길모퉁이를 돌아서니 찬바람이 기다리고 있다. 햇빛은 높게 치솟은 고층 아파트의 벽을 뛰어넘지 못하고, 그늘에 묻힌 내리막길은 온전히 겨울 속에 머물러 있다. 차가운 바람이 단단히 여민 코트 사이를 비집고 들어온다. 문득 어린 시절의 어느 겨울날이 떠오른다.

엄마 생신날이었다. 시집간 언니들이 집에 오고, 오랜만에 만난 가족들은 반가움에 떠들썩 웃으며 정담들을 나누었지만, 막내인 난 그 대화 속에 끼어들지 못했다. 아버지가 돌아가신 지 얼마 지나지도 않았는데 하하, 호호 웃고 떠드는 엄마와 언니들을 이해할 수 없었다. 어른들이 미웠고, 외톨이가 된 것 같았다.

화가 나서 집을 나와 무작정 걸었다. 생각 없이 걷다 보니 나도 모르게 발길이 아버지 계신 곳으로 향했다. 삼십 리가 넘는

허허벌판을 외투도 없이 걸었다. 동짓달 칼바람이 살을 에었다. 털실 스웨터는 틈새로 파고드는 추위를 한 움큼도 막아내지 못했고, 금세 온몸이 꽁꽁 얼었다. 따뜻한 방한복이 없던 시절이기도 했지만, 겉옷조차 챙겨 입지 않고 나선 것이 실수였다. 나중에는 마비된 듯 아무 감각이 없었다. 그렇다고 되돌아가는 건 사춘기 자존심이 허락지 않았다. 나라도 아버지를 기억해야 한다는 쓸모없는 사명감에 먼 길을 걷고 걸어 아버지가 누워 계신 곳으로 올라갔다. 찬바람이 살갗에 닿을 때마다 면도날로 싹싹 금을 긋는 것처럼 아팠던 그날의 기억이 생생하게 되살아나 지금도 살갗에 소름이 돋는다.

아버지 산소 앞에 앉으니 서러움이 밀려왔다. "언니들은 벌써 아버지를 잊어버렸나 봐요." 하면서 울었다.

어둑해질 무렵에야 꽁꽁 언 몸으로 집에 들어갔다. 가족들은 내가 친구들이랑 놀러 나갔다고 생각했던 모양이다. 지쳐 있는 내 모습과 골난 얼굴을 보고 나서야 놀란 표정을 지었다. 아버지도 없는데 어떻게 웃고 떠들 수 있느냐고 따져 묻자, 엄마는 아무 말 없이 내 등을 토닥이며 언 몸을 이불로 감싸 주셨다. 엄마의 애처로운 눈빛과 따뜻한 손길은 온종일 쌓아 두었던 설움을 한순간에 잠재워 주었다.

늦둥이로 태어나 아버지와의 추억이 부족해서일까. 그날 이전에도 이후에도 혼자 아버지 산소에 찾아가곤 했다. 잔디 씨를 받아 봉분 위에 뿌리고, 잔디에 거름도 주었다. 산소 앞에서 아버지와 이야기를 나누다 산모퉁이를 돌아 나올 때는 뒤에서 누군가가 따라와 뒷덜미를 붙잡는 것 같아 무섭기도 했지만 혼자 가는 성묘는 결혼해 고향을 떠날 때까지 계속했다.

　아버지와의 인연은 십삼 년, 너무나 짧다.
　1학년 때 7색 무지개 크레용으로 그림을 그렸는데 선생님의 칭찬을 받았다. 신이 나서 언니에게 자랑했더니, 아버지가 듣고 그 당시 최고 좋은 24색 크레파스를 사라고 용돈을 주셨다. 너무 좋아서 미술 시간만 기다렸다. 내가 그림을 그리면 아이들이 부러운 시선으로 나를 쳐다봤다. 그 생각을 하면 지금도 여전히 행복하다. 소풍 가는 날 아침, 사이다 사 먹으라고 동전 한 닢을 슬그머니 방문 앞에 놓고 나가시던 아버지의 뒷모습도 기억한다.
　마지막 양반 시대를 굳게 지키며 전설처럼 사셨던 아버지, 어린 나에겐 너무 큰 어른이어서 가까이 다가설 수 없는 분이셨다. 늘 점잖게 뒷짐을 지거나 팔짱을 끼고 다니셨는데 절대 뛰는 일이 없으셨다. 아무리 급해도 뛰지 않는다는 양반의 체통을 시험한다고 한 번은 동네 심술궂은 청년들이 벌집을 건드렸다. 아버지는 달려드는 벌들을 손으로 휘휘 저으면서 "허허 고얀 놈들" 하며 걸어서 지나셨다고 한다.

동네 사람들은 아버지를 어르신이라 불렀다. 아버지는 젊은이들의 그릇된 행동을 보면 깨우칠 때까지 조곤조곤 훈계하셨고, 관청 일에 서툰 사람을 도와서 대신 일처리를 해 주셨다. 그런 아버지는 오늘까지 내 자존감의 원천이고 살아오는 내내 흠모의 대상이기도 하다. 늘 그리움과 존경을 마음속에 품고 산다.

아버지는 유월 더위가 시작될 무렵 우리 곁을 떠나셨다. 아버지와의 이별은 어린 나이의 내가 감당하기에는 너무 힘겨운 일이었지만 아무리 슬퍼도 눈물을 보이고 싶지 않았다. 눈물을 삼키려 고개를 들면 여름 하늘은 무심하게 맑고 푸르렀다. 아버지가 떠나신 날 이후 슬플 때나 우울할 때는 습관처럼 먼 하늘을 바라본다.

이제, 그때의 아버지보다 더 많은 나이가 되었지만, 여전히 가슴 깊숙이 그리움으로 묻어두었다. 아버지라는 그 이름을.

그녀는 미완성

　엄마는 여자가 바깥으로 나돌면 안 된다고 가르치셨다. 엄마의 말을 법으로 알았던 그녀는 늘 집안에 묶여 살았다. 섣달그믐 무렵이면 친구들은 어울려 영화 보러 가지만 그녀는 따라나서지 못했다. 함지박 가득 쌓인 만두소가 그녀를 가로막았다. 바쁜 엄마를 돕느라 봄가을 농사철에는 나들이를 갈 수 없었다. 그 시절엔 양재나 편물을 배우는 게 유행이었는데, 엄마는 그것마저도 허락하지 않으셨다.

　직장에 다니는 친구들 모습이 멋있어 보이고 부러웠지만, 그녀에겐 어림 없는 일이었다. 집안일이나 착실히 배워 시집가라는 엄마의 말은 그녀가 넘을 수 없는 장벽이었다.

　결혼이라는 제도를 통해서 그녀는 비로소 다른 세상으로 나왔다. 그 세상은 신세계였다. 적은 월급으로 남편과 오순도순 꾸려가는 살림살이는 힘에 벅차기는 했어도 행복이었다. 어른들에게 의지하지 않고 살아가야 하는 이치도 깨닫고 차츰 성숙한 인간으로 발돋움했다. 사랑스러운 아들딸이 태어나면서 행복이 커지고 그녀의 일상도 분주해졌다. 거추장스러운 긴 머리는 어느새 커트 머리로 바뀌고 얼굴에서는 화장기가 사라졌다. 그녀는 엄마라는 타이틀에 매료되어 자신의 이름이 서서히 묻혀 가는 것조차 인식하지 못했다.

그녀는 주방에서 누군가를 위하여 요리할 때 가장 행복했다. 그래서 이웃들과도 쉽게 어울릴 수 있었고, 모닝커피로 아침을 여는 인기 있는 아줌마가 되었다. 남편이 출근하고 나면 이웃 친구들이 그녀 집으로 모였다. 그녀를 찾아와 자신들의 속내를 털어놓고, 가족과의 갈등을 하소연하기도 했다. 그들의 고민을 들어주면서 뭔가 대단한 일이라도 한 것처럼 스스로가 대견했다. 하지만 정작 자신은 누구에게도 고민을 털어놓지 못하는 소심한 성격이었다.

그녀는 좋아하는 사람에게 무조건 희생적이지만 그 외의 일에는 지나칠 만큼 무관심하다. 너그럽지만 고집도 있다. 의견이 다른 사람과 대립할 때는 끝까지 자기가 옳다고 버티기도 했다. 그로 인해 좋아하는 사람들과 소통이 단절되는 걸 경험하면서 의견이 다르다는 것은 옳고 그름의 문제가 아니라 생각의 차이라는 걸 알게 되었다. 많은 시행착오 끝에 얻어 낸 지혜이다.

그녀는 큰일 앞에는 대범하지만 작은 것에 소심했다. 살던 집에 화재가 났을 때도 힘겨워하지 않았다. 당황하는 가족들을 위로하면서 뒷수습도 어렵지 않게 해냈다. 하지만 짜장면, 짬뽕은 쉽게 선택하지 못한다. 행복 역시 그렇다. 그녀가 희열을 느끼는 건 큰 것보다는 작고 사소한 것들이다. 마음에 드는 도자기를 고르고 멋진 그림을 감상할 때 즐겁다.

껑충 많은 날이 지나 그녀에게 시간의 여백이 많아졌다. 지나온 길을 뒤돌아보며 잊고 살았던 자신의 이름을 기억해 냈다. 그녀를 치마폭에 감싸 두었던 엄마의 마음이 사랑이었다는 것을 엄마 나이만큼 살고 나니 배우지 않아도 알아졌다. 그래서 기도한다. 나도 훗날 자식들 기억 속에 보고 싶은 엄마로 남아있기를.

자아를 찾는 도전도 시작한다. 배낭 하나 메고 길 위를 묵묵히 걷는 여행자가 되었다. 여행 친구들과 알맹이 없는 수다도 떨고 시국 이야기로 열띤 토론도 한다. 낯선 사람들의 이야기에도 귀를 기울인다. 부족한 것들을 채우기 위해 더 많이 배우고, 더 많이 걷는다. 그녀는 아직 미완성이지만 새로운 꿈을 찾아 도전하는 그녀의 삶은 오늘도 진행형이다.

좁아서 불편한 것은

이층 양옥, 마당 넓은 집에서 신혼살림을 시작했다. 우물가에는 수도와 펌프가 놓였고, 그 옆으로 이층 올라가는 옥외 계단이, 또 그 옆으로는 햇볕 잘 드는 장독대가 있었다. 우물 옆 화단에는 포도나무와 앵두나무가 자랐는데 봄이면 골목 아이들이 살금살금 들어와 앵두를 따 먹었다. 꽃밭에 채송화, 과꽃, 맨드라미, 봉숭아가 차례로 피고, 대문가에 심은 덩굴장미가 오월을 붉게 물들였다. 봉숭아꽃을 따서 손톱에 물들이는 것은 즐거운 연중행사였다. 넓은 마당은 김장할 때 한몫했다.

그렇게 십여 년 넘게 골목의 이웃들과 어울려 살았다. 그러던 어느 날, 남편은 한마디 의논도 없이 집을 재건축하기로 했다고 통보를 했다. 정든 집이 한순간 사라진다는 것도 어이없고 건축 비용도 만만치 않을 것 같아 겁도 났다. 하지만 이곳저곳 새집을 짓는 이웃이 늘어나는 통에 엉거주춤 남편의 계획에 따르기로 했다.

포도 넝쿨이 사라지고 장미도 뿌리째 없어졌다. 작은 화단도 찾을 수 없었다. 고추장, 된장 항아리를 이고 섰던 장독대도 무너졌다. 내 아이들 어릴 적 추억이 담겨 있던 집이 송두리째 사라지고 새 집이 들어섰다. 바뀐 것은 집뿐만이 아니었다. 가구들도 가전들도 모두 새것으로 바꾸었다. 온돌은 침대로, 방석은 소파로, 사람을 제외한 모든 것이 새롭게 변했다.

새집이라고 다 좋은 것만은 아니었다. 옆집의 일조권을 침해하지 않으려니 평수가 줄었다. 방과 거실, 주방은 물론 이층으로 올라가는 계단도 좁아졌고 가팔랐다. 베란다 계단 아래 설치된 보일러실은 너무 좁아서 드나들기조차 불편했다. 큰맘 먹고 청소라도 하려면 벽에 엉덩이를 부딪고 이층 올라가는 난간에 머리가 부딪치기 일쑤였다. 평소에는 그럭저럭 지낼 만했지만 여러 형제가 모이는 명절에는 마치 시장 속 같았다. 좁은 주방에 모여 음식을 장만하려면 동서들과 서로 몸을 부딪치며 스킨십을 해야 했다. 밤이면 잠자리를 정하느라 아우성이었다. 안방은 늘 남자들 차지였고 아들, 딸 방에 잠자리를 펴지 못한 조카 여럿이 주방까지 밀려나기도 했다. 그곳에서 수십 년 넘게 전쟁 같은 명절을 보냈다.

지금은 그 집을 떠나 조금 넓은 곳으로 이사했다. 어린 조카들은 어느새 의젓한 성인이 되었다. 어릴 때, 큰집 나들이를 즐기던 조카들은 고학년이 되고 성인이 되면서 시험공부와 사회생활로 바빠서인지 이제는 명절에도 예전처럼 다 모이지 않는다. 명절 전날 모여서 형제끼리 술 한잔으로 회포를 풀고 동서들은 담소를 나누던, 섣달 그믐밤 풍습도 바뀌었다. 언제부터인지 설날 아침 차례 시간에 맞추어서 모인다. 단출하니 우리 가족만 보내는 명절 전날 밤, 호젓한 분위기가 허전하고 낯설다.

그 시절엔 무척이나 불편하다고 생각했던 그 좁은 집, 좁아서 불편한 것은 공간이 아니었다. 공간보다 좁고 옹졸한 나의 마음 탓이었다. 어쩌면 작고 좁아서 오히려 더 오붓하고 정답고, 친밀감을 느낄 수 있었던 건 아니었을까. 불편하다고 여겼던 그곳이 사람 사는 냄새가 묻어나는 소중한 공간이었다는 것을, 형제들이 다 모일 수 없는 시절이 되고 보니 이제야 알 것 같다.

때늦은 선물

사월의 오후, 창가에 서서 조각구름이 흘러가는 하늘을 본다. 생각은 그 구름을 따라 지나가 버린 시간 속을 표류한다.

신혼 시절, 넉넉하지 않은 월급봉투가 거의 바닥날 즈음 아버님 생신이 다가왔다. 늘 자식들을 배려하며 보살펴 주시는 아버님께 경제적으로 큰 부담이 안 되면서 기쁘게 해 드릴 수 있는 선물이 무엇일까, 고심 끝에 직접 스웨터를 떠서 선물하기로 했다. 주어진 시간 안에 완성하려면 빠르게 움직여야 했다.

동대문시장에 가서 파스텔톤의 털실 여섯 뭉치를 샀다. 한 손은 등에 업힌 아이를 추스르고 남은 한 손으로 털실 보따리를 들고 지하철 계단을 오르내리는 일은 수월찮았다. 부피가 큰 털실 뭉치는 발길에 차이기도 하고 오가는 사람들과 부딪히기도 했다. 그래도 마음은 설레었다. 친정아버지를 일찍 여읜 탓에 시아버님의 사랑이 더없이 소중했다.

당시에는 시동생들과 함께 살았는데 새벽부터 일어나 시동생들 도시락을 두 개씩 쌌다. 남편까지 출근시키고 나면 한나절이 훌쩍 지나갔다. 아이를 재워 놓고 짬짬이 한 코 한 코 단을 만들었다. 집안일하면서 틈틈이 앞섶을 짜고 등판을 짰다. 일과가 끝난 후에 또 밤늦도록 뜨개질을 했다. 피곤이 몰려와 잠이 쏟아졌지만, 선물 받으시고 흐뭇해하실 아버님의 얼굴을 떠올리면 손을 쉴 수가 없었다.

뜨개질을 정식으로 배운 게 아니어서 생각만큼 진도가 나가질 않았다. 풀었다 다시 뜨기를 반복하다 보니 시댁으로 가야 할 전날 밤까지 스웨터는 미완성이었다. 목덜미가 아프도록 스웨터를 끌어안고 씨름했다. 겨우 완성이 되었을 때는 이미 아침이 밝아 오고 있었다.

스웨터를 받아든 아버님 얼굴에는 환한 웃음꽃이 피어났다. 아버님의 미소는 겨울밤을 지새운 노력의 대가고 선물이었다.

이렇듯 기쁜 선물도 있지만, 마음속에 상처로 남아 있는 아픈 기억의 선물도 있다.

뻔한 월급쟁이 형편이어서 양가 어른을 받들기엔 어깨가 너무 무거웠다. 엄마는, 출가외인이니 친정 걱정은 말고 시어른께 잘하라고 당부하셨다. 그 말이 엄마한텐 아무것도 안 해도 된다는 뜻인 줄 알았다. 고운 옷은 고사하고 용돈 한 번을 흡족하게 드리지 못했다. 엄마라고 어찌 섭섭할 때가 없으셨을까. 그런데도 서운한 표정 한 번 보이지 않으셨던 것이 더 마음 아프다. 때늦은 후회가 퇴적처럼 쌓여 있다.

엄마 돌아가시고 일주기 때 하늘색 한복 한 벌을 사다가 제사상에 올렸다. 때늦은 선물. 무심하게 흘려보낸 시간을 되돌릴 수 없어 쓰라린 그리움이 쏟아져 발등 위를 적셨다.

만약 지금 살아 계신다면 흡족하게 해 드릴 수는 있을까? 생각하다가, 생각나기도 하다가 또 가끔은 잊기도 하면서 강산이 두 번 반이 바뀌었다.

이제 내가 그 시절 부모님만큼의 나이가 되었다. 선물의 형태도 바뀌었다. 효도는 택배가 되어 배달되기도 하고 온라인을 통해 통장으로 입금되기도 한다. 바빠진 일상 때문인지, 아니면 부모의 존재 가치가 예전보다 가벼워진 것인지……. 그런 선물에 만족하며 살아야 하는 현실을 거부할 수 없어 씁쓸하다.

한 달에 한두 번 다녀가는 자식들의 뒷모습을 보고 있으면 울컥 허전하고 서운하다. 혼자 섭섭한 감정을 삭이고 앉아 있으면 허공을 바라보시던 그 옛날 엄마의 쓸쓸한 표정이 떠오른다. 내 엄마도 이렇게 서운하셨겠지.

얼마 전 꿈속에서 엄마를 만났다. 빨강 꽃무늬 흰색 블라우스를 사 달라고 하셨다. 모습은 살아계실 때 그대로인데 젊은이들이나 입어야 할 것 같은 옷을 원하셨다. 그게 너무나 생소해서 어정쩡한 표정으로 바라보다 잠에서 깼다. 꿈속에서조차 끝내 옷 한 벌 사 드리지 못했다. 한동안 마음이 무거웠다.

　엄마가 살아계시던 그때로 돌아갈 수 있다면 이번에는 엄마를 위해 밤을 지새우면서 뜨개질하고 싶다. 빨강색 꽃무늬 스웨터를……

푸른 신호등

이른 아침, 감미로운 음률이 조용한 집안의 정적을 깼다. 아침 일찍 울리는 전화벨이 불안했고, 그런 나의 예감은 적중했다. 연락이 올까 조마조마 두려웠던, 그러나 언젠가는 닥쳐올 그 일. 예상은 했지만, 준비 없이 맞닥뜨리자 뾰족한 대책이 떠오르지 않았다.

고향에서 어머니를 모시고 있는 셋째 동서로부터 걸려 온 전화였다. 어머니의 치매가 악화하여 대소변까지 받아 내야 한다는 것이다. 더는 모시기 힘들다면서 해결책을 찾아 달라고 한다. 분주한, 바쁜 아침 시간이라 딱히 무어라 할 말이 없었다. 주말에 만나기로 약속하고 힘겨운 마음으로 하루를 시작했다.

주말 아침, 무거운 짐을 걸머진 채 출발했다. 어머니에게 가는 길은 시원하게 뻥 뚫려 있다. 늘 정체 현상을 빚던 도로마저도 평소와는 달리 푸른 신호등이 이어진다. 창밖으로 지나가는 오월의 신록은 첫걸음마를 시작한 아기처럼 맑고 싱그럽다. 해마다 봄이 다시 돌아오듯 어머니도 당당하고 건강하셨던 시절로 돌아가 새롭게 시작할 수 있으면 얼마나 좋을까. 오월의 햇살이 아무리 눈부셔도 어머님 마음이 쓸쓸하다면 그런 어머님을 바라보는 자식들 마음 또한 서글프고 고통스럽긴 마찬가지다.

형제들이 시골집 어머니 앞에 죄인처럼 모여 앉았다. 치매를 앓는 어머니는 웃다가 슬퍼하다가 역정을 내고 이내 힘이 빠져 지쳐버리신다. 현실의 삶이 녹녹지 않아서일까. 형제들은 아무 이견 없이 어머니를 요양원에 모시기로 결론을 지었다. 아무것도 모르는 것 같던 어머니의 표정이 어둡게 굳어지며 낙담하는 모습이 역력하다. 설마설마하셨나 보다.

"너희가 편하면 괜찮다. 나를 거기로 데려다주렴."

자식들은 말 한마디 못하고 어머니의 시선을 피해 방바닥만 내려다보고 있다.

집 떠나시기 전에 점심 대접을 하려고 식당으로 갔다. 그러나 코앞에 닥쳐온 현실이 두려운 건지 자식들 마음이 서운한 건지 어머니는 죽 한 순갈도 제대로 넘기지 못하셨다. 어두운 표정으로 벽에 기대앉아, 너나 어서 먹으라고 오히려 자식을 걱정하셨다. 구겨진 표정을 하고서도 자식들은 밥이 목으로 넘어간다.

예정된 행사 치르듯 인근에 있는 요양원을 찾아갔다. 어머니 댁에 갈 때마다 지나치곤 했는데, 그때는 우리와 아무런 연관이 없을 줄 알았다.

직원으로부터 입소 안내를 받은 후에 몇 가지 보충 설명을 더 듣고 어머니를 그곳에 모셨다. 육십 년 세월을 더불어 살아온 어머니와 자식들의 색다른 이별식은 너무 쉽게 끝이 났다.

"어머니. 자주 찾아뵐게요."

말없이 바라보는 어머니의 안타까운 눈빛이 닫힌 양심을 채찍질한다.

"한방에 같이 계신 아주머니하고 친구처럼 잘 지내세요."

송구한 마음으로 작별 인사를 하는데 엄마 곁을 처음 떨어지는 어린아이처럼 어머니는 두 손을 꼭 잡고 놓아주질 않으신다.

새 식구 들어왔다고 옆방 아주머니들이 보러 오셨다. 순간 얼굴이 화끈 달아올랐다. 죄스럽고 부끄러워서 빨리 그곳을 벗어나고 싶었다. 이런 내 마음과 다르게 어머니는 서둘러 떠나려는 며느리가 무척 야속하신가 보다.

어머니를 남겨 두고 요양원 마당을 걸어 나오는데 여러 개의 노여운 눈동자가 날아와 뒤통수에 꽂혔다. 떠나는 등뒤를 향해 비난의 손가락질을 하는 것만 같아 뒤돌아볼 용기가 없었다. 도망치듯 잰걸음으로 요양원 마당을 빠져나왔다.

어머니를 요양원에 모신 날이 하필이면 오월, 그것도 어버이날을 며칠 앞둔 날이어서 마음이 더 무거웠다.

그날, 낯선 곳에 어머니를 버리고 돌아오는 길은 잠시 멈추라는 황색 신호등도 가지 말라는 빨간 신호등도 어머니에게 되돌아가라는 유턴 신호도 없었다.

불효한 자식의 마음을 아는 듯 오로지 앞으로 앞으로만 나아가는 푸른 신호등이 계속되었다.

어느 여름날

어머니가 계신 요양원은 고향 인근에 있다.

엉덩이를 침대에 걸친 채 우두커니 창밖을 내다보던 어머니가 내 두 손을 꼭 잡는다. 먼길을 달려 아침 일찍 찾아온 자식의 얼굴을 보니 반가우신 모양이다. 살이 빠져 가냘픈 손이 백지장처럼 하얗다. 어머니 얼굴에 어색한 미소가 떠오른다. 한 달 전보다 더 야위셨다. 계절은 순환하며 다시 돌아오는데, 어머니의 기억은 거꾸로 멀어져만 가고 있다.

어머니를 모시고 인근 식당으로 간다. 해 드릴 수 있는 것이 고작 음식 대접뿐이다. 맛있게 드시다 말고 어머니는 너도 어서 먹으라며 며느리를 걱정하신다. 그 모습이 애잔해 가슴이 먹먹해 진다.

여름날의 오후, 내리쬐는 태양이 뜨겁다. 더위를 피해 산속에 있는 찻집으로 간다. 어머니의 팔을 부축하고 들어선 찻집은 조용하다. 쾌적한 실내에 잔잔한 음악이 흐르고, 숲이 우거진 창밖 풍경이 시원스럽다. 손님이라곤 우리 둘뿐, 커피잔을 사이에 놓고 어머니와 마주앉아 서로의 얼굴을 바라본다. 두 사람의 침묵을 깨뜨리려는 듯 쨍쨍하던 하늘에서 갑자기 소낙비가 퍼붓기 시작한다.

푸름을 함빡 머금은 산자락, 연녹색 나무들이 비를 맞으며 더 푸르러 간다. 굵은 빗줄기는 아스팔트 길을 순식간에 적시고 찻집 뜰 안에 옹기종기 놓인 항아리를 깨끗이 청소한다. 돌돌거리며 흐르는 빗물은 마당을 지나 아래로 흘러 이내 개울물이 된다. 창문으로 들어온 시원한 바람은 마주앉은 어머니와 나를 현실 밖으로 밀어낸다. 어머니는 행복했던 젊은 시절 기억 속에 머물고 계신가 보다. 온화한 얼굴에 잔잔한 미소가 퍼져 나간다. 행복한 기억 속에 좀 더 오래 머무르시도록 가만히 지켜보며 침묵한다.

어머니는 현재와 과거를 헤매다가 깜빡깜빡 현실을 놓치시곤 한다. 젊은 시절로 갔다 되돌아올 때는 더욱 심하다. 자식인 건 인식하면서도 누구인지는 가늠하지 못하신다. 날이 갈수록 멀어지는 기억이 어디만큼에 머물러 있는지 안타깝기만 하다.

어머니는 이 순간을 언제까지 기억하실 수 있을까?

오늘이 어머니와 함께할 날 중 가장 젊은 날이다. 이 순간이 어머니에게 소중한 기억으로 남겨지기를, 자식들만이라도 기억에서 놓지 않기를 맘속으로 기도한다.

자아실현

설레는 마음으로 도착한 그곳에서 제일 먼저 눈에 띈 것은 '자아실현'이란 커다란 표지석이다.

퇴직하고 나니 일하던 습관 탓인지 무료하게 맹탕 흘러가는 시간이 너무 아까웠다. 노느니 염불한다는 옛말처럼 여기저기 찾아다니며 강의를 들었고, 체계적으로 배우고 싶은 욕심이 생겼다. 교수로 재직 중인 조카가 진학을 권유했고 그 응원의 힘으로 대학 문을 노크했다.

입학에 필요한 서류를 들고 학교를 찾아간 날, 하필이면 비가 억수같이 쏟아졌다. 바로 앞도 보이지 않을 만큼 퍼붓는 여름비는 조금도 수그러들 기색이 없었다. 뒤늦은 나의 출발이 순탄치 않을 거라는 예고 같아 마음이 불안했다.

한 달여의 기다림 끝에 합격 통보를 받았다. 조마조마하며 기다리던 소식을 막상 받으니 기쁨과 걱정이 뒤섞였다. 대학 수업을 잘 따라갈 수 있을까? 자식보다 더 어린아이들과 어울려 잘 지낼 수 있을까? 이런저런 염려가 앞섰다. 가족들의 반응도 각기 달랐다. 아들, 딸은 엄마의 용감한 도전을 염려했고, 남편은 나이 생각 않고 도전하는 아내를 대견해했다.

삼월, 부푼 꿈을 안고 걱정 반 설렘 반으로 들어선 낯선 강의실, 문에 창작과 첫 수업 날이다. 수업에 들어온 교수님은 학생들을 둘러보더니 나의 호칭을 정해 준다. 그날부터 스무 살도 안 된 청년들에게 왕언니, 왕누나로 불리며 행복한 대학 생활을 시작한다. 어린 친구들에게 언니가 되고 누나가 된다는 것에 맘이 설렌다. 이 시간이 지나면 언제 이런 호사스러운 대접을 받을 날이 또 올까?

자기소개하는 시간, 당찬 남학생들은 소신 있게, 여학생들은 재치 있게 자신을 설명한다. 이어서 다가온 내 차례, 어린 친구들 앞에 서는 게 겸연쩍기도 하고 떨리기도 한다.

"여러분 나이에 이런저런 이유로 진학의 기회를 놓쳤는데 인생길을 알려주는 내비게이션이 없어 돌고 돌아 이제야 왔어요. 내 인생의 가장 젊은 날이 오늘이라서 과감한 선택을 했어요. 용기를 내 시작한 도전이니 여러분 많이 도와주세요."

그렇게 13학번 젊은 친구들과의 특별한 조합, 우리들의 이야기가 시작된다.

학년 초, 교수님의 강의를 제대로 숙지하지 못한다. 곁에 앉은

야무진 친구들이 어리벙벙한 내게 보충 설명을 해 준다. 어렵지만 꿈같은 시간이 흘러간다. 어린 친구들과 어울려 교내 식당에서 학식을 먹고, 휴게실에 모여 배달 음식도 시켜 먹는다. 교정 나무 그늘 벤치에 둘러앉아 준비한 도시락을 같이 먹으면서 평생 경험해 보지 못했던 것들을 누린다. 매일 즐겁다.

대학 입학한 그해 봄에 회갑을 맞는다. 축하 자리를 마련해 준 자식들 덕분에 더 행복한 학생이 된다. 회갑 잔치 기념으로 떡을 해서 학생들과 나눈다. 그런 내 모습이 신기한지 한 남학생이 다가와 묻는다.

"왕 누나, 정말 회갑 잔치를 했어요?"

"그럼 했지."

그렇게 이벤트 같은 행복한 시간이 흘러간다.

교정의 나무 그늘에서 시 낭송 수업을 한다. 나뭇잎 사이로 햇살이 눈부시다. 바람에 흔들리는 모과나무 잎새의 그림자가 교수님 얼굴에 그윽한 그림을 그린다. 그늘 속에서 웃고 계신 교수님은 모나리자의 미소만큼 우아하다. 그런 날이면 교수님처럼 멋진 시인이 되고 싶은 욕심에 떠오르지 않는 시어를 찾아 머리를 쥐어짠다. 조별 토론과 조별 과제로 열띤 공방의 시간을 보내고 수업과 수업 사이 비는 시간엔 어른이 되어서 살아가야 할 인생 이야기를 어린 친구들에게 들려주기도 한다.

학교생활에 고충이 전혀 없는 것은 아니다. 홀로 남겨지는 시간도 조금씩 늘어난다. 어떤 날은 혼자 점심을 먹는다. 그렇다고 그런 것들이 배움을 향한 열정에 걸림돌이 되진 않는다. 오히려 허기진 배움의 갈증을 해소하는 데 활용한다. 한순간이라도 무심히 허비하기엔 주어진 시간이 너무 아깝다.

혼자 남겨진 시간을 이용해 한자 자격증 시험 준비를 한다. 백지에 여백이 남지 않도록 빽빽이 한자를 써 가면서 자투리 시간을 활용한다. 펜을 쥔 손가락에 못이 박히고 쥐가 난다. 그런 순간들이 모여 성취감으로 채워진다.

어느새 강의실 창밖, 잎 떨어진 나뭇가지에 가을이 와 머문다. 그렇게 하루가 저물고 가을도 깊어간다.

문학기행으로 영양 두들 마을을 찾아간다. 이문열 작가의 생가 방문은 우리에게 커다란 행운이다. 작가가 들려주는 이야기는 작가 지망생들의 눈동자를 반짝반짝 빛나게 한다. 주고받는 문답으로 이어진 그 밤의 설렘은 오랫동안 간직하고픈 귀중한 시간이다. 야트막한 야산에 나무들로 둘러싸인 원형의 잔디밭으로 간다. 이문열 작가가 젊은 시절, 삶의 고뇌를 안고 깊은 사색을 했다는 언덕이다. 대작가를 탄생시킨 그곳에서 우리의 꿈도 이루어질 거라는 믿음으로 푸른 잔디밭을 걷는다. 높은 가을 하늘에 떠도는 구름마저도 우리들이 꾸는 부푼 꿈처럼 아름답다.

학년이 바뀐다. 어린 친구들 틈에 끼어 떠난 MT는 청춘들 축제의 장이다. 경쾌한 음악이 실내를 꽉 채우고 환호하는 젊은이들은 한마음이 된다. 무대 위에선 열광의 박수를 받으며 노래와 춤의 향연이 펼쳐진다.

설 자리를 찾지 못해 난감해하는 나를 연배의 교수님들이 조용한 손짓으로 구원해 주신다. 바닷가 식당에서 교수님들의 격조 있는 대화에 참석할 수 있었던 그 저녁의 행운은 나이가 주는 뜻밖의 혜택이다.

점점 푸르게 높아 가는 가을 하늘 아래서 시화전이 열린다. 잔디밭 곳곳에 진열된 시화 작품들은 너무 멋스럽다. 푸른 공간에 커다란 천을 채운 시화들이 바람을 타고 아름다운 무희처럼 춤춘다. 시 낭송 수업을 하던 모과나무 가지에, 현실을 비판하는 시화가 매달려 하늘을 매질하듯 나부낀다. 젊음의 아름다움과 현실의 아픔이 뒤엉켜 캠퍼스 하늘에 펄럭인다.

유일하게 교내에서 술이 허용된 그날은 남학생들의 잔칫날이다. 축제에서는 먹을거리가 빠질 수 없다. 가장 인기 있는 코너라 손님들로 북적인다. 음식을 판매하는 곳곳을 기웃기웃 구경하는 것만으로도 즐겁다. 그렇게 다양한 체험을 하면서 어느새 난 행복한 사람이 되어 간다.

행복하지 않은 평화로운 일상 속에서 채워지지 않던 배움의 허기. 비록 짧았지만, 학생으로 보낸 시간이 그 허기를 메워 주었다. 등교하는 아침마다 마주하던, 표지석에 새겨진 '자아실현' 그것이 조금씩 이루어지는 듯했다.

　컴퓨터에 취약해서 과제 제출이 어려웠는데, 곁에서 도와준 며느리와 딸 덕분에 단 한 번의 결석 없이 가족과 친구들의 축하를 받으며 졸업장을 받았다.

　2년이란 짧은 기간에 습득한 작은 지식과 어린 친구들과의 스위트한 추억들은 남은 삶을 살아가는데 큰 원동력이 될 것이다. 인생 저물녘에서 선택한 진학은 미로에서 벗어나 목표를 찾은 성과였다.

　내 인생을 둘로 나눈다면 대학을 가기 전과 후로 나누어진다. 젊은 날이 가족을 위한 활력 넘치는 삶이었다면 이제는 나를 위해 작은 행복을 만들며 산다. 쏟아 놓지 못하고 쌓아 두었던 말들을 글로 옮기니 마음이 편안하다. 조바심치던 불안이 사라지니 타인들을 바라보는 시선이 넉넉해진다. 남들의 평가와 관계없이 자아 성취를 이룬 것 같아 하루하루가 즐겁다. 애타게 갈구하던 작은 꿈 '자아실현'이 이루어졌다.

사랑해서

　지난달 주말에 딸네와 함께 전주 한옥마을로 여행을 갔다. 전주자연생태박물관에 들려 반딧불도 보고, 조선 태조의 어진이 있는 경기전과 전동성당에도 들렀다. 소연이 손을 잡고 골목 곳곳을 구경하기도 했다.

　한옥마을 골목은 상점과 사람들로 가득했다. 갖가지 먹거리 상점, 화려한 빛깔의 한복 대여점까지, 조선 시대 장터로 놀러 나온 것 같았다. 한복대여점에서는 한복뿐 아니라 개화기 때 옷도 빌려주었다. 소연이는 그곳에서 한복으로 갈아입었다. 그 모습이 단아하고 사랑스러웠다.

　외손녀 소연이는 명랑하고 활동적이다. 그림 그리기 좋아하고 시도 곧잘 쓴다. 가끔 그걸 보여 주면서 뽐내기도 한다.

　우리는 기품이 서린 기와집, 능소화가 만개한 미술관 앞에서 다정한 포즈로 사진을 찍었다. 돌담길을 걷는데 소연이가, 잡고 있던 내 손을 꼭 쥐면서 말했다.

"저희끼리 여행 다닐 때 할머니 생각이 많이 났어요. 할머니와 함께 와서 너무 좋아요."

그 말은 더위에 지쳐가던 마음에 생기를 주었다.

여름이 한창 무르익어 더위가 만만치 않았다. 소연이는 땀을 뻘뻘 흘리면서도 의젓했다. 어엿한 숙녀 같았다.

마음까지 예쁜 내 손녀 소연이.

우리는 냉방이 잘된 카페에서 팥빙수로 더위를 식혔다.

친손자 승주는 야외 활동보다는 실내에서 공부하는 걸 좋아한다. 세계 지도를 펴 놓고 나라를 찾아 위치와 국기를 익히고, 각국의 수도를 줄줄 외운다. 해외여행을 가게 되면 나는 승주에게 전화해서 그 나라의 위치와 기후, 유명한 관광지에 관해 묻는다. 그러면 승주는 신이 나서 뽐내듯 설명해 준다. 그건 손자와 대화하기 위한 전략이기도 하다.

승주는 역사를 좋아해서 나를 만나면 이것저것 묻기도 하고, 알고 있는 이야기를 들려주기도 한다. 끝말잇기를 할 때는 이길 때까지 멈추지 않는다. 지식에 대한 욕심과 자부심이 있다.

인형과 레고 조립하는 걸 좋아하는 승주에게 그보다 더 좋은 선물은 없다. 쇼핑하면서 레고를 사 주면 그걸 품에 안고 얼굴에 함박웃음을 짓는다. 그 모습을 보면 승주보다 내가 몇 곱절 더 행복하다.

아들, 딸 키울 때는 표현이 서툴러서 맘껏 사랑을 보여주지 못했다. 자칫 방종한 아이로 자랄까, 작은 실수가 더 큰 실수로 이어질까 염려하느라 체벌도 엄하게 했다. 체벌이 올바르게 교육하는 지름길인 줄 알았고, 그땐 그 방법이 옳다고 생각했다.

사랑으로 키워야 자존감 강한 아이가 된다는 걸 알았을 때는 성장한 아이들이 내 곁을 떠날 무렵이었다.

그때 표현하지 못한 사랑이 두고두고 후회된다. 키울 때는 몰라서 못 했고, 이제는 자식들이 너무 커버려서 안아줄 수가 없다. 이제라도 내 진심을 꺼내 자식들에게 말해 주고 싶다. 어릴 적의 체벌은 초보 엄마의 서투른 사랑 표현이었으니 상처로 남겨두지 말라고.

어느 날 아들에게 '체벌은 사랑의 표현이었고, 달리 방법을 몰라서였다'고 고백했다. 아들은 다 지난 일인데, 하며 쑥스러워했다. 가끔 안부 전화를 해서는 그냥했어요, 한다.

딸은 매일 안부 전화를 걸어 준다. 일상적인 이야기를 나누지만 내 생활의 큰 활력소이다.

사랑은 강한 힘이 있다. 퍼내고 퍼내도 바닥나지 않는 옹달샘이다. 그 대상이 누구든 사랑을 할 땐 에너지가 넘치고 행복을 느낀다. 더구나 나는 사랑할 아들딸이 있으니 행복하지 않을 수 없다.

든든하게 잘 살아주는 자식들이 대견하고 고맙다. 사랑을 맘 껏 줄 수 있는 손주들을 주어서 더 고맙다. 아들딸에게 표현하 지 못했던 사랑을 손주들에겐 맘껏 퍼붓는다.

아들, 딸 엄마가 많이 사랑한다. 엄마의 고백이 너무 늦은 건 아니었으면…….

PART 2
꽃밭 위에 낮달이

꽃밭 위에 낮달이

새벽 공기가 서늘해지더니 가을이 성큼 다가왔다. 운동장 옆 꽃밭에는 코스모스가 피기 시작했다. 바람이 지날 때마다 꽃송이가 애잔하게 흔들린다. 해바라기가 무거운 얼굴을 숙이고 내려다 본다. 코스모스를 지켜주는 키다리아저씨 같다.

그 꽃밭은 우리 동네 아름다운 명소였다. 봄에는 유채꽃이, 가을엔 코스모스가 핀다. 꽃은 행복을 전달하는 메신저다. 꽃들이 바람에 맞추어 현란한 웨이브를 그리면 꽃길을 걷는 사람들 얼굴에는 미소가 번진다. 누가 먼저랄 것도 없이, 어른이나 아이나, 젊은이나 늙은이나 꽃밭으로 살금살금 들어가 꽃송이에 파묻힌다. 해맑은 표정으로 행복한 그 순간을 사진에 저장한다. 그런 모습을 보고 있으면 나이는 그저 숫자에 불과하다는 생각이 든다.

봄, 가을로 사람들에게 작은 행복을 나누어 주던 그 꽃밭에 어느 날, 엄청난 사건이 벌어졌다. 막 피어나기 시작한 유채꽃이 노란색 작은 입을 헤헤거리며 봄이 왔음을 알릴 때쯤이었다. 몇 몇 장정들이 꽃밭으로 모여들더니 꽃을 마구 짓밟으면서 주변에 말뚝을 박았다. 순식간에 쇠 울타리가 생겼다. 죄 없는 꽃들이 한나절 만에 울타리 안에 갇혔다. 꽃을 가둘 생각을 하다니, 그 사람의 마음이 궁금하고 어처구니가 없다. 그 마음이 밉다.

"내가 그의 이름을 불러주었을 때 그는 나에게로 와서 꽃이 되었다."라고 한 어느 시인의 노래처럼 꽃도 사람과 더불어 함께 일 때 비로소 그 의미가 생기는 게 아닐까. 꽃 속에서 사진 찍으며 행복해하는 사람들이 있을 때 꽃이 더 빛나는 것은 아닐까.

사람들로부터 꽃을 보호하기 위해 만들어진 울타리는 오히려 꽃밭을 감옥으로 만들어 놓았다. 철망 안에 핀 꽃은 사람들 관심 밖으로 밀려났다. 코스모스는 실연당한 여인처럼 쓸쓸하고 초라하다.

푸른 하늘을 유유히 날고 있는 비둘기들이 유난히 자유로워 보이는 건 갇혀 있는 꽃이 애처로워서일까?

빛을 잃은 낮달이 외로운 꽃밭, 나뭇가지 위에 걸려 있다.

개망초 꽃

　푸른 새벽빛을 따라 사람들이 둘레길을 활기차게 걷는다. 나도 사람들 속에 섞여 물처럼 따라 걷는다. 태양이 눈부신 에너지를 뿜어내며 산허리를 넘는다. 쏟아지는 햇살에 뺨이 붉게 물들고, 새벽의 맑은 공기가 가슴속으로 스며든다.

　해가 산봉우리를 넘어 하늘 높이 솟아오르자 풍경들이 환하게 살아난다. 길가에는 하얀 꽃이 한창이다. 걸어가는 사람들은 숨바꼭질하듯 꽃 속으로 사라졌다 나타났다를 반복한다. 영화의 한 장면처럼 멋지다. 바람결을 타고 하얀 물결이 일렁인다. 메밀꽃 같기도 하고 안개꽃을 닮기도 했다.

　사람들을 근사한 영화 속 주인공으로 만드는 그 꽃은 이름마저도 촌스러운 개망초다. 구한말, 처음 철도가 건설될 때, 미국에서 수입한 철도 침목에 묻어온 것으로 알려져 있는데, 철길 부근에서 자생하며 전국으로 퍼져 나갔다. 지금은 주변 들녘 어디에서나 흔히 볼 수 있다.

홀로 피어난 개망초는 초라하기 그지없다. 그래서인지 혼자 피지 않는다. 가느다란 줄기 끝에 여러 개의 꽃송이를 매달고, 끈질긴 생명력과 왕성한 번식력으로 들판 곳곳을 빠르게 점령한다. 무리를 이룬 개망초는 이제 더는 초라하지 않다. 바람 따라 흔들릴 때는 금방 꺾어질 듯 위태로워 보여도 절대 부러지지 않는다. 역경을 딛고 일어서는 서민들의 삶처럼, 바람을 꿋꿋한 자세로 견디어 낸다.

푸른 이파리 사이로 보이는, 하늘을 향해 고개를 곧추세운 하얀 개망초꽃을 보고 있으면 새참을 머리에 인 아낙네 모습이 떠오른다. 머리에 흰 수건을 쓴 아낙네가 밭일 나간 가족을 위해 정성껏 만든 음식 광주리를 이고서 총총히 걷는 모습과 닮았다. 광주리의 무게에 눌려 움츠러든 여인의 목이 망초꽃 모양과 흡사하다. 그 모습은 어릴 적 보았던 기억의 한 장면과 겹쳐진다.

언니는 새참으로 만든 감자범벅을 머리에 이고, 나는 막걸리 주전자를 들고 언니 뒤를 쫄쫄 따라간다. 엄마가 주전자 가득 담아 준 막걸리는 아무리 조신하게 걸어도 찔끔찔끔 꼭지로 흘러넘친다. 넘친 막걸리는 언니가 만들어 준 꽃무늬 원피스 자락을 적시고 종아리를 타고 내려와 고무신에 고인다. 술에 젖은 발이 미끄덩거려서 걸음 걷기가 불편하면 신발을 벗고 땅에다 발

바닥을 문지른다. 흙이 막걸리를 빨아들여 미끄럼이 덜하다. 술이 넘칠 때마다 발을 흙에다 문지르면서 언니 꽁무니를 쩔쩔매며 따라간다. 코끝에 스미는 향긋한 술 내음에 왠지 기분이 좋아진다.

새참 광주리를 내려놓은 밭둑에는 오늘처럼 개망초꽃이 천지로 피어있었다.

봄부터 크고 작은 꽃들이 피어 고운 색과 그윽한 향기로 사람들의 마음을 현혹한다. 수줍게 웃고 있는 꽃들은 저마다 제일 예쁜 듯 경연을 펼친다. 꽃나무 그늘에 모여든 사람들은 갖가지 찬사의 말을 쏟아 놓는다. 자신들도 꽃처럼 멋있는 사람일 거라고 은근히 기대하면서. 그렇게 시간이 지나면서 도도하던 목련도 화사한 벚꽃도 고운 옷을 벗어 땅에 떨군다. 울타리를 아름답게 장식하던 정열의 상징 장미도 뜨거운 태양 아래서 속절없이 시들어 간다. 화려하던 꽃들이 그렇게 지고 나면 그 자리를 소리 없이 메우는 것은 누구에게도 주목받지 못하던 개망초다. 화려했던 꽃들에 치여 주눅이 들고 초라했던 개망초가 하나둘 꽃을 피우면서 제철을 맞는다.

개망초는 여름, 그 뜨거운 날부터 찬바람이 불어오는 늦가을 서리가 내릴 때까지 쉬지 않고 피어나 들녘을 그득 채운다. 굽은 나무가 선산을 지킨다는 옛말처럼, 잘난 자식들은 부모 곁을 떠나고 못난 자식이 고향에 남아 부모 곁을 지켰다고 하듯이 화려한 꽃이 지켜내지 못한 뜨거운 계절, 우리 곁을 지키는 꽃은 화려하지도, 초라하지도 않은 개망초꽃이다.

허리 높이보다 더 자란 개망초꽃이 바람에 흔들린다. 은은한 향기가 바람을 타고 퍼져 나간다. 아침 햇살 아래 드러난 건강한 사람들, 그 모습이 꽃과 어우러져 멋있다. 그 광경에 홀려 한참을 바라보다가 그 꽃길로 들어선다. 내 삶도 영화 속의 한 장면처럼 멋있기를 바라는 마음으로.

가만히 들여다보니

밤새 가을비가 내렸다. 예쁜 낙엽들이 아스팔트를 덮고 있다. 떨어진 낙엽을 주워 들여다본다. 멀리서 볼 때는 곱더니 가만히 들여다보니 군데군데 벌레 구멍이 나고 검은 점도 있다. 상처 없는 고운 단풍을 찾기가 쉽지 않다. 여름을 겪어낸 흔적이려나.

사람도 그렇다. 고급 주택 앞을 지나면서 저런 집에 사는 사람은 틀림없이 행복할 거로 생각하지만 어느 날 우연히 그들 역시 고민거리 하나씩은 갖고 있다는 걸 알게 된다. 나뭇잎에 벌레 구멍이 나고 검은 점이 생기는 것처럼 우리 인생사도 다르지 않다. 저마다 상처 하나쯤 안고 산다.

소슬바람이 분다. 단풍 고운 나무 밑을 지나 코스모스 꽃밭으로 간다. 어제 내린 비에 꽃들이 무사한지 궁금하다.

꽃밭엔 코스모스가 빗물에 씻겨 더 예쁘고 화사한 모습을 뽐내고 있다. 지나가는 바람이 가냘픈 줄기를 흔든다. 코스모스는 넘어질 듯 휘어지다 다시 일어선다. 그 모습이, 뒤뚱거리며 걸음마 하는 어린 손자를 닮았다. 비틀거리며 달려와 와락 품에 안기어 헤헤 웃던 아이. 코스모스 꽃잎이 생글생글 웃는 손자 얼굴처럼 보인다. 손자들을 생각하니 내 얼굴에도 꽃처럼 고운 미소가 번진다.

영원할 것 같던 청춘이 잠깐 사이에 지나갔다. 바쁘던 일상이 여유로워지니 자식들이 그립다. 가까운 곳에 살다 멀리 이사를 하니 더욱더 그립다. 하루하루 바쁘게 살아가는 자식들 입장보다 보고픈 내 감정이 앞서고, 그래서 엄마가 사무치게 그립다.

자식들에게 가진 것 다 주고도 부족하다 안타까워하시던 엄마, 빈 둥지가 되어서도 자식을 향한 엄마의 가슴 시린 사랑은 끝이 없었다. 딸 시집보내고 엄마가 흘렸을 눈물과 그리움의 크기를 이젠 알 것 같다. 자식이 다녀간 후에 남겨진 빈자리의 허전함을 예전엔 미처 몰랐다.

채우고 채워도 허기지던 그 젊은 날엔 몰랐던 엄마의 마음을 이제야 나도 느낀다. 내 아이들도 나만큼 살아야 알게 되려나, 허허로운 내 심정을. 쓸쓸한 빗줄기가 가슴속에 배어든다. 지금의 내 마음과 똑같은 심정으로 나를 바라보셨을 엄마.

어느새 엄마를 닮아가고 있다.

입동

가을은 추적추적 내리는 비에 쫓기며 제자리를 내어 준다. 마음을 포근히 감싸주던 플라타너스 커다란 잎사귀가 떨어지고, 목련 잎, 은행나무 잎, 고운 단풍이 시들어 간다.

아침 일찍 나선 산책길, 벌써 일터로 나온 미화원 아저씨가 기다란 빗자루로 낙엽을 쓸어 낸다. 단풍은 거친 빗질에 쓸려 커다란 포대 안으로 들어가고, 낙엽 담은 자루가 길가에 수북이 쌓인다. 그렇게 가을은 반항의 몸짓 한번 해보지 못한 채 떠난다. 아니, 가을이 그렇게 끝났다고 생각했다.

숲을 지배하고 있던 우람한 밤나무와 키 큰 도토리나무가 계절 앞에 겸허히 옷을 벗자 존재조차 몰랐던 키 작은 단풍나무들이 모습을 드러냈다. 빨갛고 노란 손을 흔들며 수줍게 가지를 흔들었다. 지난봄 일찍부터 싹을 틔우던 나무다. 울창한 나뭇잎이 햇빛을 가로막기 전에 부지런히 잎사귀를 키웠고, 그늘 밑에서

꿋꿋이 기다렸다. 큰 나무들이 겸손해지는 순간 아기단풍나무에
도 가을이 왔다. 그늘 밑에서 기죽어 지낸 시간의 보상인 듯 새
빨간 단풍잎 위로 마지막 가을 햇빛이 쏟아졌다.

숲속에 존재하는 또 하나의 작은 가을, 새로운 세계를 발견한
나는 마음 부자가 된다.

자연은 지혜롭게 살아가는 방법을 가르쳐 준다. 주어진 환경
에 분노하거나 절망으로 타인을 미워하지 말고 슬기로워야 한다
는 것을, 기다리다 보면 때가 온다는 것을, 영원한 지배자도 영원
한 패배자도 이 세상에 존재하지 않는다는 것을. 살아가는 방법
을 일깨우는 자연의 이치가 신통하다.

이제 숲은, 겨울을 이겨내기 위하여 가지고 있던 것들을 다 털
어내고 제 속을 훤히 드러냈다. 한 해 동안 공들여 만들었던 숲
속 구석구석을 다 보여 준다. 가식의 옷을 아직 다 벗지 못한 내
모습이 부끄러워진다.

알몸이 되어도 나무들은 힘들어하지 않는다. 밤이 지나면 아
침이 오듯, 멀리 있지만 봄이 반드시 돌아온다는 것은 알고 있기
에……

향기와 냄새

눈부신 햇살을 등에 지고 걷는 아침 산책길, 길섶 울타리에 앙상한 박주가리 넝쿨이 매달려 있다. 하얗게 얼어붙은 줄기에 커다란 새 한 마리가 날아와 앉는다. 줄기는 저항도 하지 못하고 힘없이 짓눌린다. 맥락 없이 흔들리는 메마른 잎새가 쓸쓸하다. 새는 무법자처럼 줄기를 움켜쥔 채 무심하다.

걸음을 멈추고 새의 행동을 가만히 살펴보았다. 주둥이로 톡 톡 줄기를 두드리며 무언가를 찾고 있다. 아침 끼니를 구하러 나온 아빠 새인가 보다. 웅숭그리고 앉아 먹이 구해 올 아빠를 기다리는 새끼 새들의 모습이 떠오른다. 무법자 같던 새에게서 가족의 생존을 짊어진 책임의 무게가 느껴진다. 밉다고 여겨지던 마음이 사라지고 새가 안쓰럽다.

과자봉지를 들고 돌아올 아빠를 기다리던 아들, 딸 어릴 적 모습이 떠오른다. 가족을 부양해야 하는 가장의 책임이 무거운 것은 사람이나 짐승 세계나 똑같을 것이다.

퇴근하고 돌아온 남편에게선 늘 땀냄새가 났다. 목욕탕에 온수 시설이 없던 신혼 시절, 연탄 아궁이 위에 올려놓은 양은솥 안에 데워진 물은 늘 부족했다. 코가 예민한 나는 남편에게서 냄새가 난다고 투정을 부렸다.

가장의 땀 내음은 냄새일까? 향기일까?

내 아버지의 어깨에서는 어떤 향기가 났을까? 땀으로 얼룩진 찌든 냄새라 할지라도 아버지의 냄새는 향기로웠을 것만 같다. 상황에 따라 이리저리 흔들리는 내 마음을 겨울바람이 흔들고 지나간다.

향기와 냄새의 차이는 무엇일까? 꽃에서는 향기가, 음식에서는 냄새가 난다고 말한다. 더러운 것에서 풍기는 것도 냄새다. 존경받는 사람을 만나면 인간의 향기가 풍긴다고 하고 손가락질 받는 사람한테는 흔히 사람 냄새가 안 난다고 말한다.

근면 성실을 고집하며 융통성 없이 살아온 젊은 날, 내게선 어떤 냄새, 혹은 어떤 향기가 났을까? 동분서주하며 일에 열중하던 그 시절엔 늘 땀범벅이었다. 다시 돌아올 수 없는 젊은 그날. 그때를 생각하면 지금도 내게서 땀 냄새가 날 것만 같다.

어머니

　오월이 되면 탐스럽게 피는 꽃이 있다. 하얀 파꽃이 검은 씨앗을 품고 야물게 여물어 간다. 엄마는 파 씨를 받으려고 아픈 허리를 두드리며 주먹만 한 파꽃을 딴다. 파밭에 앉아 있는 엄마 머리카락도 하얗고 파꽃도 하얗다. 넓은 밭에 가득 핀 꽃은 따고 따도 끝이 없다. 커다란 바구니가 가득 차면 파꽃을 나르는 건 내 몫이다. 코끝에 와닿는 알큰한 파 향을 맡으며 멍석 위에 널어 말린다.

　누렇게 마른 파꽃 송이를 비비면 까만 파 씨가 우르르 쏟아진다. 엄마는, 다른 집 파보다 맛있는 종자라고 해마다 빠뜨리지 않고 씨앗을 받으셨다. 새로운 품종 황파보다 재래종 조선파를 고집하셨다. 파 씨를 계절마다 뿌리셔서 일년 내내 양념으로 쓰셨다.

　엄마와 파꽃을 따던 오월이 오면 이제는 함께할 수 없는 그분을 향한 그리움에 젖는다.

아버지는 유월 더위가 시작될 무렵, 유난히도 하늘이 파랗던 날, 우리 곁을 떠나셨다.

아버지의 부재는 나와 어머니의 삶의 방향을 바꾸었다. 생활고를 이유로, 여자라는 이유로 어머니는 내게 진학을 포기시켰다. 농사일로 바쁜 집안을 거들면서 나의 청춘은 시름시름 시들어 갔다. 김삿갓도 아닌데 푸른 하늘 보기가 부끄러웠다. 진학한 친구들과 마주치기 싫어서 낮에는 외출도 하지 않았다. 그렇게 희망도 없고 고통스러운 젊음이 하루속히 지나서 빨리 늙기를 기도하는 애늙은이가 되어 갔다. 절망으로 아무렇게나 방치한 채 시간을 낭비하는 나를 엄마가 따뜻하게 타이르셨다.

"살다 보면 하고 싶은 것은 모두 다 이루어진단다. 그러니 너무 아파하지 말아라."

그때는 그 말뜻을 알지 못했다. 아니 알려고도 하지 않았다. 자식을 아프게 한 엄마의 변명일 거라고만 여겼다.

많은 날이 지나 삶에 여유가 찾아왔을 때 망설임과 함께 공부를 시작했다. 찬바람이 아직 옷깃을 파고드는 계절, 지인과 가족들의 도움으로 첫 등교를 했다. 새롭게 공부를 시작한 그 첫날의 감격은 살아있는 동안 내 기억 속에 소중히 간직될 것이다. 대학 과정을 마치고 졸업장을 품에 안던 날, 묻어 두었던 아픔 같은 엄마 얼굴이 떠올랐다. 엄마의 목소리가 생생하게 귓가에 들려오는 것 같았다. 살다 보면 하고 싶은 모든 것 다 이루어진다고 하시던….

나보다 엄마 마음이 더 아팠다는 것을 알았을 땐 엄마는 이미 먼 곳으로 떠난 뒤였다.

돌이켜보면 그날의 아픔은 나의 오만함을 치료하는 약이고 낮은 자세로 겸손하게 세상을 배우는 계기가 되었다.

이제 맘 놓고 외쳐보고 싶다. 엄마, 엄마 말이 맞았어요.

"딸이 기도하면 이루어진다더라. 자다가 죽게 해 다오."

당신의 말씀처럼 주무시다가 떠나가신 어머니, 그분의 지혜로 웠던 삶뿐만 아니라 죽음조차 닮고 싶다.

오월이 다 가기 전에 어머니의 유택에 카네이션 대신 파꽃 한 다발 바치고 싶다. 어머니를, 어머니가 소중히 여기셨던 것들을 아직 기억하고 있다고 말하면서.

여름비

비가 오는 아침, 현관문 나서기를 주저하다가 밖으로 나온다. 시원하고 산뜻하다. 시야 가득 펼쳐지는 푸르름에 눈이 맑아진다. 어제부터 내린 비는 메마른 대지와 건조한 마음을 푸근히 적시고, 잠들었던 촉각을 부드럽게 깨운다. 꽃이 진 벚나무 아래에 꽃받침이 떨어져 쌓였다. 벚꽃은 필 때도, 질 때도 예쁘더니 떨어진 지스러기까지도 참 곱다. 붉은 수수쌀을 뿌려놓은 것 같다. 아주 어렸을 적 내가 보았던……

가을걷이가 끝나면 시장 어귀에서 뻥튀기하던 아저씨가 동네마다 찾아다니면서 곡식을 튀겨주었다. 뻥튀기 기계는 둥그런 몸통에 주둥이가 달렸다. 아저씨는 몸통 밑에 불이 들어 있는 깡통을 밀어 넣고 기계를 돌린다. 그러다 갑자기 펑 하는 소리와 함께 뽀얀 연기가 치솟는다. 그 순간 볶은 곡식은 주둥이에 달린 부대 안으로 쏟아져 들어간다.

그날 아저씨는 망택이네 마당에 자리 잡고 앉아 쌀이며 옥수

수, 콩, 가래떡 말린 것들을 튀겼다. 망택이 엄마가 들고나온 수수쌀 차례가 되었다. 뻥 하는 요란한 소리와 동시에 붉은 수수 뻥튀기가 하늘로 날아올랐다. 허공을 맴돌다 떨어진 수수 뻥튀기는 희고 붉은색으로 마당을 수놓았다.

망택이 엄마는 이걸 어떡해, 어떡해를 연발하며 얼굴이 붉으락푸르락했고, 아저씨는 당황해서 어쩔 줄 몰라 허둥거렸다. 자루가 느슨하게 묶였던 모양이다.

사건이 어떻게 마무리됐는지 기억나지 않지만, 그날 하늘로 치솟던 수수쌀은 꽃처럼 아름다웠다.

벚꽃 꽃받침이 불러낸 추억을 떠올리면서 봄 길을 느긋이 걷는다. 언제 게으름을 피웠냐는 듯 자연이 주는 신선한 공기를 배부르게 호흡한다. 검고 칙칙하던 숲이 며칠 사이에 푸르게 변했다. 한 계절의 소멸을 딛고 일어선 봄은 새로운 계절을 향해 질주하고 있다. 꽃과 신록을 앞세운 계절 사월은 북으로 고공 행진 중이다.

언제였던가, 누군가 내게 들려주던 말이 생각난다.

"만약 이 세상에 비 오는 날이 없으면 지구는 몽땅 사막으로 변해 버릴 거예요."

우리는 살면서 매일 맑은 날만 계속되기를 바랜다. 흐리고 바람 부는 날, 비 오는 날이 내 인생에 없기를. 인생, 그 먼 길 걸을 때 비와 눈보라가 없다면 삶도 건조해지려나? 가끔은 비도 맞고 눈도 맞아야 단단한 삶이 되는 걸까?

삼십 중반을 넘었을 때다. 여름이 시작될 무렵, 그날은 오늘보다 더 많은 비가 내렸다. 혼자 비를 맞으며 은행나무 가로수 길을 걷고 또 걸었다. 우산을 든 채 비를 맞고 걷는 모습이 이상해 보이는지 사람들이 힐끗거리며 지나갔다.

"어머 웬일이야? 왜 우산을 들고 비를 맞아. 무슨 일 있수?"

지나가던 이웃 사람이 아는 체 했다. 머쓱해져서 그냥 피식 웃었다. 그녀는 고개를 갸웃거리며 내가 지나온 길로 걸어갔다.

솔직히 잘 모르겠다. 왜 종일 비 맞으며 거리를 헤매어야 했는지……. 비를 맞고 헤매어도 풀리지 않는 마음은 무엇이었는지……. 그날은, 가을이 되어 은행잎이 곱게 물들면 눈물이 나서 그 길을 걸을 수 없을 것 같았다. 마치 죽음이 코앞에 와 있는 사람처럼.

하루 꼬박 비를 맞고 거리를 헤맸던 그 빗속의 방황은 여름비가 올 때면 한 번씩 생각난다. 젊기에 가능했던 방황이었지, 그렇게 비 맞을 용기가 이제는 없다.

봄비는 땅속으로 스며들며 마른 뿌리를 적신다. 죽은 줄 알았던 나뭇가지에 새순이 돋아나고 있다. 부드럽게 내리는 봄비는 이제 막 피기 시작한 영산홍 꽃잎을 적신다.

"봄비 속에 떠난 사람 봄비 맞으며 돌아왔네"

봄비 노래를 흥얼거리며 오늘은 우산을 쓰고 즐겁게 빗길을 걷는다.

여름이 오는 소리

　나뭇잎이 밤새 내린 비에 씻겨 반짝반짝 윤이 난다. 고개 들어 올려다보는데 잎에 맺힌 물방울이 얼굴 위로 떨어진다. 물의 촉감이 푸르러 가는 숲처럼 마음을 파랗게 물들인다.

　숲속 어디에선가 잊고 있던 소리가 들린다. 연못도 없는 숲속에서 들리는 뜻밖의 소리, 맹꽁맹꽁 맹꽁이가 울고 있다. 개체 수가 많지 않은 듯 그 소리가 가냘프다. 어제 내린 비로 숲속 어디쯤 물웅덩이가 생긴 걸까? 오랜만에 듣는 맹꽁이 소리가 반갑다. 도시에서는 좀처럼 듣기 힘든 희귀한 소리다. 끊길 듯 다시 이어지는 가냘픈 합창 소리에 가던 길을 멈추고 한참을 귀 기울인다. 문득 오래 된 기억 하나가 떠오른다.

　여름밤이면 마당가 연못에선 밤새도록 음악회가 열렸다. 감미로움이라곤 찾을 수 없고 듣는 이의 고막을 괴롭히는 노래가 쉬지 않고 이어졌다. 불빛 하나 없는 캄캄한 무대에서 열리는 음악

회는 보는 이도, 좋아하는 이도 없었다. 오히려 소음을 견디다 못한 관객이 시끄럽다고 고함을 치고, 어떤 청중은 무대를 향하여 돌을 던지기도 했다. 그런 성난 청중의 불만에도 아랑곳하지 않고 그들은 밤새워 목청껏 합창을 했다. 그 열혈 음악가의 이름은 여름 밤무대에서만 활동하는 야행성 맹꽁이다.

맹꽁이는 둥글납작한 몸통에 이목구비도 없고 이름처럼 맹하게 생겼다. 마당가로 기어 나온 맹꽁이와 마주치기라도 하면 징그러워서 몸이 움츠러든다. 남자아이들은 막대기로 맹꽁이를 툭툭 건드리고 땅 위에 굴리며 깔깔거렸다. 어른들은 말귀를 잘 못 알아차릴 때나 바보 같은 행동을 하거나 할 때, 맹꽁아 이것도 몰라, 하며 맹꽁이에 비유했다.

짧기만 한 여름밤, 맹꽁이가 울어대면 시끄러워서 잠을 잘 수가 없다. 참다못해 연못가로 다가가면 인기척에 놀라 합창이 뚝 멈춘다. 살금살금 되돌아서면 방문을 채 열기도 전에 다시 한 놈이 맹, 하고 다른 놈이 받아서 꽁, 한다. 그리고 이내 저희끼리 '맹꽁맹꽁' 목청껏 합창해 댄다.

울기 위해 존재하는 양 온밤을 꼬박 새워 울어대던 맹꽁이. 집 안팎일에 힘겨운 어머니는 맹꽁이 울음소리를 자장가 삼아 단잠이 드셨다. 나는 엄마 등 뒤에 누워서 귀를 틀어막고 애쓰다 겨우 잠이 들곤 했다.

견디다 못한 가족들의 성화에 오빠가 연못을 메웠고, 우리는 소음에서 해방되었다.

　짧은 여름밤 단잠을 방해하던 원수 같던 맹꽁이, 맹꽁이와 씨름하던 아득한 그 시절이 지금은 그립다.
　누렇게 익은 보릿단을 마당 가득 들여놓고 보리타작을 하던 때도 맹꽁이가 우는 그 무렵이다. 멍석 위에 겉보리 가마니가 수북이 쌓이면 여름 농사 풍년이라며 어머니 입가에 함박웃음이 피어났다.
　감자를 넣어 지은 보리밥은 가을이 올 때까지 먹어야 하는 우리 가족의 여름 양식이었다. 열무김치와 고추장, 푸성귀로 여름을 보내면서 논두렁 벼가 누렇게 익는 가을을 손꼽아 기다렸다. 부모님은 벼가 노랗게 영글면 하얀 쌀밥 먹을 수 있다고 징징거리는 아이들을 달래주셨다.
　지금은 건강에 좋아서, 맛이 있어서, 또 그리워서 보리밥을 먹는다.
　타작하고 난 보릿대 낟가리는 아이들의 놀이터였다. 그 위에서 뒹굴기도 하고 술래잡기도 했다. 위험이 닥칠 때 머리만 감추는 꿩 마냥 속이 훤히 들여다보이는 낟가리 속으로 머리부터 들이밀었다. 술래에게 잡혀도 마냥 즐거워 깔깔거리던 아이들, 그 친구들도 나처럼 그날을 추억하고 있을까.

추억이 그리운 건 그 옛날 함께했던 사람들이 내 곁에 없기 때문일까. 그 시절 그랬듯이, 맹꽁이 울음소리로 나의 여름이 시작되고 있다.

이젠 안녕

그 만남은 고통의 시작이었다. 그로 인해 행복하고 평화롭던 일상이 깨어지고 말았다.

그건 어느 해 무더운 여름날 시작되었다.

활짝 열어놓은 현관문과 창문으로 간간이 시원한 바람이 지나갔다. 러닝셔츠만 입은 4살짜리 아들은 더운 줄 모르고 뛰어놀고, 돌이 갓 지난 딸은 땀을 뻘뻘 흘리며 오빠 뒤를 따라다녔다. 무엇이 그리 즐거운지 웃음소리가 거실을 가득 채웠다. 아이들 웃음소리를 들으며 빨래도 하고 반찬도 만들고 살림살이 챙기다 보니 긴 여름날이 짧게만 느껴졌다. 남편 퇴근 시간을 기다리는 것도 큰 즐거움 중의 하나였다. 그렇게 하루하루가 행복하게 흘러갔다.

더위가 시작되면서 시댁에서 보내준 쌀에 벌레가 생겼다. 여름이라 그러려니 생각하고 거실 한쪽에 양푼을 놓고 쌀을 쏟는데, 삽시간에 새까만 벌레가 양푼 밖으로 기어 올라왔다. 수도 셀 수도 없을 만큼 많았다. 징그러운 건 둘째치고 벌레가 아이들에게 옮을까 봐 무서웠다. 수돗물을 틀어 놓고 쓰레받기에 쓸어 담아 하수도에 버리고 또 버렸다.

그날부터였다. 가만히 앉아 있는데 갑자기 콧물이 주르륵 쏟아졌다. 여름 감기도 아니고 이게 뭐지 하는 순간 또 걷잡을 수 없을 정도로 콧물이 쏟아졌다. 갑자기 찾아온 그 전쟁은 그렇듯 당황스럽게 시작되었다.

콧물이 얼마나 많이 쏟아지는지 일상생활이 어려울 정도였다. 휴지로는 감당이 안 돼서 손에 큰 수건을 들고 살았다. 병원으로 약국으로 쫓아다녀도 별 방법이 없는데, 나중에는 콧속이 아파서 잠을 잘 수도 없고 코가 막혀 숨을 쉬기도 버거웠다. 입으로 숨을 쉬다 보면 입안이 바싹 말라서 죽을 것만 같았다.

평화롭던 어느 여름날 찾아온 그는 평생 나를 괴롭히며 따라다닌다. 환영받지 못하는 방문자였음에도, 만물이 소생하는 아름다운 봄이면 한 번도 거르지 않고 빚쟁이처럼 꼬박꼬박 나타난다. 그의 출현은 어김없이 고통으로 이어지기 때문에 예쁜 꽃도 푸르름으로 물드는 대지의 아름다움도 느낄 여유가 없다. 그러다 날이 더워지고 여름으로 접어들면 슬그머니 꽁무니를 감춘다. 이제 떠났구나, 하고 안도하면 소슬한 가을바람을 앞세우고 한 치의 오차도 없이 제자리로 돌아오곤 한다.

요란한 재채기를 신호로 자신의 방문을 알리고, 잠자는 식구들과 이웃을 깨울 만큼 소란스런 등장을 한다. 항상 재채기와 가려움증을 동반했고, 콧속이 갈라지는 아픔을 덤으로 주었다. 그 고통이 얼마나 심한지 그때부터는 가족들을 보살피지도 배려하지도 못한다. 어떤 때는 그 고통에서 벗어나고 싶어 죽고 싶다는 생각을 한 적도 있다. 누구도 모를 고통을 인내하며 참 많이 아팠고 또 많은 눈물을 쏟아냈다.

그런 아내를, 엄마를, 얼굴 한번 찌푸리지 않고 곁에서 지켜주고 같이 아파해 준 가족들이 고맙고 미안하다. 시도 때도 없이 풀어대는 코와 재채기에 눈살 찌푸리는 친구도 더러 있지만, 그보다 더 많은 친구가 괜찮다고 격려해 주어서 사회생활을 이어갈 수 있었다.

원망할 대상조차 없으니 배우지 않고도 저절로 체념의 경지를 깨닫게 되었다. 그 만남이 없었다면 내 삶은 한층 윤택하고 행복했을 것이다.

지금도 휴지는 나의 필수품이다. 주머니나 가방 안에 항상 휴지가 들어 있다. 휴지 없이 버틸 수 없는 시간이 참 길었다.

지금은 의학이 발전해 그것이 알레르기비염인 줄도 알고, 약의 힘을 빌려 견디는 것도 훨씬 수월해졌다. 그땐 병명도 모르고 그 고통을 참아야 했다.

그러다가 의문 하나를 갖게 되었다. 혹시 쌀벌레를 죽게 한 것이 원인이었을까? 어쩔 수 없는 상황이었고 미물이긴 하지만 너무 많은 생명을 수장시킨 게, 나이 들면서 자꾸 마음에 걸린다. 하지만 아무리 그렇다 해도 이젠 정말 싫다.

내 속에 들어와 내 젊음과 영혼을 갉아먹은 알레르기비염, 이젠 너로부터 꼭 벗어나고 싶다. 지금 당장 아주 먼 곳으로 내동댕이쳐 버리고 싶은 알레르기 비염아! 제발 날 떠나다오.

성화 봉송 길

　　더위로 지쳐가던 여름 끝자락, 지인으로부터 인천 아시안게임 성화 봉송 길 달리기에 참석하자는 제의를 받았다. 선발 과정 없이 접수 우선순위로 자격이 부여된다고 했다. 순발력이 뛰어난 지인 덕분에 친구 4명이 선정되었다. 국가적인 큰 행사에 참여할 수 있어 뿌듯했다. 아무 때나 아무에게나 오는 기회가 아닌 만큼 정보를 제공해 준 그 사람이 고마웠다.

　　2014년 8월 13일, 아시안게임 조직위원장과 인천시장이 참가한 가운데 인천 예술회관 중앙광장에서 성화 합화식이 거행되었다. 인도 뉴델리에서 채화된 해외 성화와 강화 마니산에서 채화된 국내 성화가 합해져서 국내 봉송 길에 올랐다. 인천에서 출발한 성화는 조선 시대 옛길 등 전국 70개 시군구 5,700여 킬로미터를 달려서 인천 올림픽 경기장으로 갈 것이다.

　　여러 시군을 거친 성화가 9월 15일 오후 안양에 도착했다. 안양 대동서림 건너편 복개천에 함께 달릴 봉송 주자들과 구경 나온 시민들이 모여서 박수로 성화를 맞이했다. 주최 측에서 제공한 단체복과 운동화를 신고 있으니 모두 마라톤 선수 같아 보였다. 마음이 두근두근 설레었다.

출발에 앞서 성화를 넘겨받을 대표 주자와 그 뒤를 따라 함께 달릴 사람들의 행렬이 만들어졌다. 이영표 국가대표 축구선수가 선두주자로 나오는 줄 알았더니 인라인스케이트 펙체이 선수가 선두주자였다.

성화를 넘겨받은 선두주자의 뒤를 따라 우리 일행도 천천히 뛰기 시작했다. 차량 운행이 멈춘 중앙로 도심 속 거리를 앞뒤 사람과 보폭을 맞추며 달렸다. 중앙시장 앞을 지날 때 시민들이 박수로 응원을 보냈다. 박수 소리를 들으며 달리니 나도 모르게 어깨가 으쓱했다. 자동차의 전유물인 대로 위를 달리니 뭔가 대단한 일을 하는 것처럼 절로 신이 났다.

출발해서 2001아울렛 앞 사거리를 지날 때쯤에는 조금씩 숨이 가빴지만 그 힘겨움마저도 마냥 즐거웠다. 남부시장에서 결혼회관 앞까지는 비스듬히 경사진 구간이다. 그곳을 지날 때는 등에 땀까지 차올랐다. 우쭐해진 마음에 영웅이라도 된 듯 가슴이 벅차올랐다.

안양 1.3km 구간을 달려 우리 목적지인 우체국사거리에 도착했다. 대기하고 있던 다음 코스 주자들에게 성화가 넘어갔다.

한 시간 남짓 함께 달렸을 뿐인데 기나긴 여정을 거쳐 온 사람들처럼 아쉬운 작별을 했다.

아무 일 없었던 듯 일상으로 돌아오니, 군중들 틈에서 우연히 달리는 나를 보았다는 후배가 "언니 멋져요." 부러움 섞인 찬사를 해 준다. 후배의 칭찬으로 하루의 긴장이 풀어진다.

저물녘. 집으로 돌아오는 길, 하루의 행복이 저녁놀처럼 곱게 물들어 온다. 살아가며 한동안 행복했던 순간으로 기억될 특별한 하루가 저물고 있다.

때마침, 군 복무를 마치고 복학한 아들은 인천 아시안게임 자원봉사자로 지원해 경기가 치러지는 현장에서 봉사했다. 아들과 함께 참여한 행사여서 더 의미가 깊었다. 아시안게임이 끝나고 아들은 수고의 증표로 기념 메달을 안고 돌아왔다.

2014 아시안게임은 금메달 79개, 은메달 70개, 동메달 79개, 합계 228개로 종합 2위의 만족스러운 성과를 거두었다.

안양

첫아이를 나은 후, 이유 없이 불안하고 초조한 때가 있었다. 마음의 안정을 찾기까지 많은 시간과 노력을 들였다. 인연 따라 불교에 귀의하면서 마음의 평화를 찾았다. 안양이란 지명이 가진 뜻처럼.

몸과 마음이 편안하다는 의미를 지닌 안양이란 지명은 불교의 극락세계를 일컫는다. 신라 효공왕 3년, 왕건(후에 고려 태조가 됨)이 금주(금천)와 과주(과천) 등을 징벌하러 가는 길에 삼성산 아래를 지나는데 산꼭대기 위에 오색구름이 뜬 것을 보고 이상히 여겨 이유를 알아보다가 능정이란 노스님을 만난다. 이것이 계기가 되어 안양사가 창건되고 안양시의 지명은 여기서 비롯되었다.

결혼 후에 줄곧 안양에서 살았다. 사십 년 넘게 살았으니 고향에서보다 더 많은 세월이다.

안양에서 얻은 내 첫 번째 이름은 아줌마, 아내로 엄마로 살면서 자연스럽게 바뀐 이름이다.

결혼 초에는 뭐든 처음 겪는 일이다 보니 무엇이 옳은지, 어떤 방법이 맞는지 잘 알 수 없었다. 분신인 아이들이 아플 때는 고통을 대신해 줄 수 없는 게 안타까워서 마음만 타들어 갔다. 시아버님이 위중한 병환으로 입원하셨을 때는 어머니 도시락을 싸들고 매일 병원을 드나들었다. 어린아이 둘만 집에 남겨두고 안양에서 신촌까지 오갈 때 마음에 쌓이던 불안, 지금 생각해도 아들, 딸에게 많이 미안했던 여름이었다.

사춘기에 들어선 아들딸은 고맙게도 사고 없이 시기를 잘 이겨내 주었다. 두 아이의 대학 진학을 위해 무릎이 닳도록 절을 하며 불전에 엎드려 간절히 기도했다. 어려운 일이 생길 때마다 엉킨 실타래를 풀듯 하나하나 조심스럽게 풀어 나갔다.

그 시절엔 힘들고 복잡했던 일이 이제 지나고 보니, 다 풀어놓은 수학 문제처럼 정답이 훤히 보인다. 마음이 조금은 넉넉하고 느긋해져서인가 보다. 조바심치던 그 시절, 동분서주하던 날들이 스스로 생각해도 대견스럽다.

장손 집안의 많은 대소사를 감당하면서 나란 존재의 가치는 잊었다. 많은 사람을 만나고 또 많은 사건을 겪고, 그 많은 일을 해결하고, 그런 일들은 성장을 위한 밑거름이 되었다. 풋내기 젊은 시절엔 매사 서툴기만 했는데 비바람 맞으며 잘 익은 호박처럼 조금씩 단단해졌다.

이때까지의 이런 내 삶이 저장된 곳이 안양이다. 이제는 고향보다 안양이 더 익숙하고 편하다.

힘거운 시간은 영원히 지속될 것처럼 마음을 짓누르지만 결국은 지나간다. 견디어 낸 것들은 각각의 의미를 지니게 된다. 가끔 꺼내 보면 가슴속이 뿌듯하게 차오른다. 직접 경험하지 않으면 도저히 이해할 수 없는 것이 인생이니 그래서 한 번쯤 살아볼 만한 가치가 있는 것이 아닐까?

가을이 주변을 서성거린다. 고운 계절이다. 붉고 노란 나뭇잎을 주워 들고 사랑스럽게 들여다본다. 계절이 바뀔 때마다 새롭게 변하는 자연은 늘 행복을 선물하지만 그래도 서둘러 떠나버리는 가을은 늘 아쉽다.

그 가을 역에서 인생 2막의 장을 연다. 낯선 곳으로 여행을 떠나는 호사를 누린다. 자아를 찾는다고 새로운 것에 도전도 하고 넓은 남편 어깨에 기대어 한, 두 가지 취미생활도 시작했다.

젊을 땐 빨리 가라고 해도 짠득짠득 더디던 시간이 인생 언덕 정상에 당도하니 천천히 가라는데도 어찌나 빨리 달리는지 하루가 시작됐다 싶으면 일주일, 한 달이 너무 빠르다. 잠깐 사이에 후다닥 한 계절이 지나가 버린다.

안양에 살면서 나와 함께했던 모든 사람들과 그리고 존재하는 오늘에 감사한다. 그리고 편안함으로 나를 품어 준 안양, 그 가을 속으로 걸어 들어간다.

새 동네

맞은편 5층 아파트에는 아무도 살지 않는 것처럼 사람의 움직임이 보이지 않는다. 저녁 햇살을 받은 아파트 벽에는 페인트가 부스럼처럼 더덕더덕 일어나 있다. 오랜 방랑으로 지친 나그네 모습 같다.

이사 오고 얼마 지나지 않았을 때 마침 비가 왔다. 얇은 커튼 사이로 건너편 아파트가 비쳤다. 흐린 하늘 밑에 녹이 슨 듯이 젖은 아파트 벽과 어두운 창문이 로마의 콜로세움처럼 보였다. 그 달콤한 착각은 오래가지 못했지만, 이사온 후 처음 느낀 행복이다. 서유럽 여행 때는 긴 여행에 지쳐서 콜로세움에 들어가지 않고 밑에서 올려다보기만 했는데, 지금 생각해도 스스로가 바보 같고 아쉽기만 하다. 그래서인지 오래된 건물을 보면 그곳이 떠오른다.

창문 아래로 보이는 단독주택 옥상에서는 빨래가 바람에 흔들린다. 익숙한 그 모습이 왠지 반갑다. 하지만 사람들의 움직임은 보이지 않는다. 사람이 그리운 조용한 동네다.

삼십 년 넘게 살던 석수동 단독주택에서 이곳 호계동 고층 아파트로 이사 온 지 삼 년째다.

아파트 고층은 창문 밖 풍경이 좋다. 멀리 광교산과 수리산이 고즈넉하다. 아파트 바로 아래 단독주택 옥상에 촘촘히 들어차 있는 생활용품은 옛 추억을 떠올리게 한다.

단독주택에 살다가 아파트로 이사하니 일상은 편안해졌다. 계단 청소와 골목 청소에서 해방되었다. 비 오는 날 하수도가 역류할까 조바심하지 않아도 되고 눈이 와도 눈 치울 걱정이 없다. 오히려 창가에 서서 눈 내리는 풍경을 바라볼 수 있는 여유가 생겼다.

그런데도 아직 새 동네에 정을 붙이지는 못했다. 허전하고 외롭다. 버스에서 내려 아파트까지 걸어오는 것도 불편하고 낯설다. 외출에서 늦게 돌아올 때는 더 그렇다. 이사 온 지 삼 년이 넘었는데 인사하며 지내는 이웃이 아직 없다. 엘리베이터에서 만나는 이웃과 인사는커녕 눈도 마주치지 않고 무심히 지나친다. 인사를 나누며 반기는 이웃은 유일하게 슈퍼마켓 사장님 부부뿐이다.

전에 살던 곳은 모두 다정한 이웃이었다. 문밖만 나가면 누구한테나 인사하며 지냈다. 지금도 사람이 그리우면 석수동 친구들을 찾아간다. 나이가 드니 새로운 사람과 사귀는 일이 쉽지 않다. 그래도 외롭지 않으려면 내가 먼저 인사를 시작해야겠다.

　남은 날들을 윤택하게 살아가기 위한 숙제처럼 남겨진 오늘, 비가 오기를 기다린다. 다시 한번 철없는 행복에 빠지고 싶다.

빗속을 걸으며

아침마다 주민센터로 이어지는 오솔길을 걷는다. 길 안쪽에는 갖가지 수목들이 울창하다. 크고 작은 나무들이 작은 숲을 이루고 계절마다 새로운 모습을 보여준다. 그 길을 걸으면 마음이 푸근해진다.

오랜 가뭄으로 메말랐던 대지에 단비가 내린다. 짓궂은 가을비가 곱게 물든 나뭇잎을 떨어뜨린다. 벚나무는 벌써 잎을 다 떨구었다. 빈 가지가 빗물에 젖어 검게 반짝인다. 목련 나무는, 애욕을 뿌리치지 못한 이파리 몇 개를 가지에 매단 채 장승처럼 빗속에 서 있다. 길 떠날 준비하는 나그네가 짐을 덜어내듯 나무들 대부분은 낙엽이 진다. 푸른 잎을 매단 채 그대로 말라가는 추레한 나무도 있다. 홀로 물들지 못한 나무는 시절에 외면 당한 채 빛을 잃어 가고 자연은 그들만의 법칙으로 순환하며 역사를 만든다.

날씨가 추워지면 사람들은 옷을 껴입는데 나무들은 반대로 옷을 다 벗어야만 겨울을 이겨낼 수 있다고 한다. 거추장스러운 옷을 벗어버린 나목은 해탈한 성인의 모습 같다.

길에는 비에 젖은 낙엽이 수북하게 쌓였다. 갈색 카펫을 깔아 놓은 듯 푸근하다. 젖은 낙엽 밟는 감촉이 부드럽다. 낙엽을 밟으며 걷다 보니 어린 시절 가을이 떠오른다.

고향엔 밤나무가 많았다. 가을이면 우리 집의 가장 큰 행사는 밤을 거둬들이는 일이었다. 밤송이가 입을 벌리고 툭툭 알밤을 쏟아 내면 식구들은 온종일 밤나무 아래서 살았다. 오빠는 큰 장대를 메고 앞장서 걷고, 일을 도와주러 오신 이웃 아주머니들이 그 뒤를 따라 밤 동산으로 올라갔다. 오빠가 장대로 밤송이를 두드려 떨어뜨리면 아주머니들은 집게로 삼태기에 밤송이를 주워 담았다. 밤송이가 울안 가득, 산더미처럼 쌓였다.

밤 줍는 일이 끝나면 가랑잎이 떨어졌다. 이번엔 동네 아저씨들이 땔감으로 쓸 가랑잎을 끌어모았다. 가랑잎을 지게로 날라다 집보다 더 높게 가리를 쌓았다. 가랑잎은 겨울 동안 온돌을 덥히는 연료가 되고, 쌓아 논 가랑잎은 겨우내 아이들의 놀이터가 되었다. 나는 그 가랑잎 가리가 산보다 더 높다고 생각했다. 숨바꼭질할 때 가랑잎 속에 숨어 있으면 술래가 쉽게 찾아내지 못했다.

그때 함께 뛰놀던 소꿉친구들, 그 애들은 지금 어디서 무얼 하며 살고 있을까?

　비 오는 날, 어릴 적에 맡았던 그 흙냄새도 그립다. 소낙비가 흙 위에 쏟아지면 코끝을 알싸하게 하던, 땅에서 풍겨 오는 그 흙냄새가 좋았다.

　바람에 나뭇잎이 발등 위로 떨어진다. 가을 빗속을 걷고 또 걷는다. 우산 끝에 매달린 빗물이 얼굴 위로 떨어진다. 빗물의 차가움이 이제 겨울이라고 말한다. 걸어오던 길로 되돌아서며 붙잡고 싶었던 계절과 작별한다.

일출

덜컹거리는 버스는 섣달그믐의 기나긴 어둠을 뚫고 지나간다. 아무것도 보이지 않는 길을 얼마쯤 달렸을까? 창밖으로 여명이 밝아 올 즈음 목적지인 고래불 해수욕장에 도착했다.

밀가루처럼 고운 모래 해변에는 우리보다 부지런한 사람들이 먼저 와 군집해 있다. 끼리끼리 자리를 잡고 와자지껄, 각자의 방식대로 새로 오실 손님 영접을 준비한다. 그중에는 풍등에 소원을 적어 하늘로 띄워 보내는 사람도 있다. 각양각색의 불을 밝힌 풍등이 어둑한 하늘을 곱게 물들인다. 소망을 높은 곳에 전하는 것이 제 소임인 양 풍등은 하늘 높이 날아올랐다. 허공을 수놓은 풍등을 향해 나도 소망했다. 올 한 해 건강하기를……

한쪽에서는 커다란 불집에 불을 피우고, 옆에서는 농악 놀이 패들이 장구와 꽹과리를 치며 축제 분위기를 고조시키고 있다. 덩달아 기분이 흥겨워질 때, 서서히 어둠이 걷혀 간다.

조금씩 붉어지는 동쪽 바다를 바라보았다. 순간 출구 없는 터널처럼 어둡던 바닷물을 붉게 물들이며 홍시만 한 해님이 머리를 내밀더니 잠깐 사이에 쑥쑥 자라 눈부신 감색 몸통을 드러냈다. 바닷물이 타오르고, 모래밭에 모인 사람들의 얼굴까지 붉게 물든다. 사람들은 함성과 환호로 새롭게 오신 손님을 맞이했다. 모터보트가 "정유년 새해 복 많이 받으세요."라고 쓰인 플래카드를 들고 경쾌한 물보라를 일으키며 바다 위를 달렸다.

나 역시 가족의 안녕을 두 손 모아 기원했다. 일출이 벅차게 가슴에 안겨 들었다.

일출을 맞이하며 희망으로 정유년을 출발했다. 코를 벌름거리며 새해의 정기를 마셨다. 잘 익은 연시 같은 진홍색 해님에서 달콤한 향기가 나는 것 같다.

어제 뜬 해와 오늘의 태양은 별반 다르지 않겠지만 새로운 희망을 품고 싶어서, 새롭게 출발하고 싶어서 새해라는 의미를 부여하는지도 모르겠다.

사람들의 소원을 접수 완료한 태양은 점점 커졌고, 소리 없이 찰랑거리는 작은 파도를 감빛으로 물들였다. 푸른 물과 붉은 물이 만들어 낸 아름답고 이채로운 조화에 감탄이 절로 나왔다. 그 순간을 지켜볼 수 있음이 감사하다.

바닷물에 씻긴 모래사장은 아기 피부같이 고왔다. 파도가 만들어 놓은 깨끗한 모래밭은 누구의 발길도 닿지 않은 미지의 땅

같다. 그 고운 모래 위에 발자국 도장을 찍었다. 마치 나만의 영역이라도 된 듯이 뿌듯한 마음으로 흔적을 만들었다. 예술작품을 그리듯이 정성스럽게, 얼마를 걷다가 뒤돌아보니 몰래 온 손님처럼 뒤따라온 파도가 나의 발자국을 모두 지웠다. 지나간 날들, 알게 모르게 지었던 허물의 기억들도 파도가 모두 지워버렸으면⋯⋯.

삶도 지워진 발자국과 비슷하다. 내 것이라고 여기며 끌어안고 있는 것들이 들여다보면 정말 내 것은 그다지 많지 않다. 파도가 지워버린 발자국처럼 완전한 내 것은 존재하지 않을 수도 있다. 지금 이 순간 떠오르는 태양을 보며 느끼는 황홀한, 경이로운 감정만이 진정한 나의 것이다.

태양은 점점 높이 솟아올랐다. 조금 전에 보았던 고운 자태는 사라지고, 이젠 눈이 부셔 바라볼 수조차 없다. 새벽의 베일을 벗고 오만해진 태양을 보며 겸손을 배우는 새해 아침, 올 한 해 더 많은 것을 체험하고 더 많은 사람과 만나는 기회를 만들겠다는 계획을 세워 본다.

여행이 주는 설렘과 외지에서 마주치는 낯선 이들의 일상을 엿보고 싶다. 그렇게 낯섦과 부딪치며 조금씩 성숙해지고 싶다. 편안함만을 추구하는 무사안일주의에서 벗어나 새로운 일상을 꿈꾸며 돌아오는 길, 버스 안에서 시선이 머문 곳에는 풍요의 상징처럼 양떼구름이 하늘에 가득하다.

PART 3
저만치의 거리

저만치의 거리

　어려선 늘 주변에 꽃이 지천이었다. 집 앞뜰과 뒷동산에는 봄부터 서리 내리는 늦가을 무렵까지 색색의 꽃들이 피고 지기를 반복했다. 눈길 닿는 곳마다 꽃이 있어 귀한 줄 몰랐다. 꺾어서 갖고 놀다 싫증 나면 아무 곳에나 던져버렸다. 다음날 내버린 꽃이 시든 것을 보고도 그때는 꽃에게 미안한 줄도 몰랐다.

　밤나무 동산에 가면 이슬 머금은 산개나리, 원추리, 도라지, 싸리꽃, 구절초 외에도 이름 모르는 풀꽃들이 고개를 내밀고 청초하게 피어 있다. 꽃을 꺾으려고 숲속을 헤매다 보면 풀잎에 맺힌 이슬이 치마를 적시고, 치맛자락은 종아리에 칭칭 달라붙는다.

　풀숲 이곳저곳에 저만의 색과 모양으로 피는 고운 꽃들은 손을 조금만 내밀어도 잡힐 것 같지만 온몸에 힘을 주고 팔을 뻗어도 쉽게 잡히지 않는다. 숲을 헤치고 한발 더 다가가야만 닿을 수 있다.

놀아 줄 친구가 없는 나는 숲속에서 꽃들과 놀았다. 숲속에 꽃들은 은은한 향기를 풍기며 저만치, 또 저만치에 피어 있다. 저만치의 거리는 나만의 눈어림이다. 그 느낌을 알고 있는 건 순전히 숲속에서 놀던 어린 날의 감각이다.

살다 보니 저만치 거리에 있는 대상이 바뀌었다. 함께한 시간을 거슬러 되돌아가듯 조금씩 멀어져 가는 남편의 뒷모습에서 꼭 그만큼의 거리가 느껴진다. 퇴직 후 취미 생활 한다며 밖의 활동이 잦아지더니 동호회 모임으로 이어져 남녀 구분 없이 친구가 많아졌다. 술자리가 잦아 늦게 귀가하는 횟수가 늘어났다. 평생 일만 하였으니 그럴 수 있다고 머리로는 이해하면서도 마음으로는 서운하다. 숲속에 핀 꽃을 잡으려 애쓰던 그때처럼 꼭 저만치의 거리가 느껴진다.

부부 사이에도 적당한 간격이 필요하고 어쩜 그만큼의 거리를 유지하며 사는 것이 필요할지 모른다. 닿지 않는 곳에 꽃을 꺾으려 발돋움하던 그때처럼 닿을 듯 닿지 않는, 잡힐 듯 잡히지 않는 남편과의 간격을 좁혀 보려고 오늘도 저만치 앞서가는 그 사람 뒷모습을 따라 걷는다.

2020년의 봄

막무가내로 쳐들어온 코로나 19는 공포라는 잣대로 우리가 사는 세상을 휘젓고 있다. 처음 시작은 중국이었지만 급속히 확산하면서 이제는 지구 전체가 몸살 중이다. 연전에 유행했던 메르스나 신종 플루처럼 두어 달 조심하면 되려니 생각했는데, 계산 착오였다. 날이 따뜻해지면 사라질 거라던 바이러스는 시간이 지나도 종식될 기미가 없다. 확진자는 연일 늘어나고, 텔레비전에서는 종일 코로나 확진자 숫자와 동향을 전하고 있다. 확진자가 급증하고 사망자도 속출한다. 사회적 거리 두기도 여러 차례, 상당 기간 지속했다. 이에 반대하는 사람들은 집단행동을 하다 감염되고, 설마 하며 움직이다가 감염된다.

좀처럼 수그러들지 않는 코로나 19는 전 세계를 총칼 없는 전쟁터로 바꾸어 놓았다. 유언비어와 막말이 인터넷과 사람들 입을 통해 장마철 홍수처럼 넘쳐났다. 우후죽순처럼 번지는 소문과 증식되는 불안, 대안도 없이 상황 전달에만 급급한 뉴스에 사람들은 조금씩 지쳐간다. 통제를 거부하는 무책임한 이기심은 바이러스에서 벗어나려는 노력을 무산시키기도 한다.

살아오면서 이런 일은 처음이다. 하루하루 시간이 갈수록 화가 차오른다. 하지만 모두 다 같은 처지고 지구촌 전체가 겪는 일이고 보니 화풀이할 곳조차 없다.

사회적 거리 두기가 반복적으로 연장되자 못 나가는 것과 안 나가는 것의 차이를 실감한다. 평소 외출이 잦았던 것도 아닌데 막상 나갈 수 없게 되니 부쩍 답답하다.

설 명절에 다녀간 자식들과도 왕래가 끊겼다. 전화로 안부만 전할 뿐, 간다고도 오라고도 할 수 없다. 손자들에게 달려가고 싶고, 그 모습이 계속 머릿속에 아른거린다. 자식들도 제대로 보살피지 못한 것만 같아 자꾸 미안한 마음이 든다.

마트에 장 보러 갔다가 지인을 만났는데 반가움에 손을 내밀다 움찔하며 묵례만 했다. "차 한잔하실래요. 밥 한번 같이해요." 이런 정겨운 인사말도 사라지고 있다.

이런 불편함 속에도 소소한 행복이 깃든다. 남편과 일상을 함께하는 시간이 늘어났다. 바깥 활동으로 늘 늦게 귀가하던 남편의 외출이 중단되어서다. 그 바람에 드라이브도 함께하고 날씨가 좋은 날은 사람 드문 명소를 찾아 여행도 한다. 좋은 시절이라고 다 좋기만 한 것이 아니듯, 어려운 시기라 해도 다 나쁜 일만 있는 건 아닌가 보다.

벚나무 터널에서 분분히 날리는 꽃비를 맞는다. 온몸이 분홍으로 물들 것 같다. 돌담 옆에 떨어진 살구 꽃잎을 주워 허공에 뿌리며 깔깔거리던 어린 시절이 떠올랐다. 그날 아무 걱정도 없이 바라봤을 그 하늘도 오늘처럼 맑고 고왔을까?

텔레비전 뉴스에 보니 코로나로 인해 공장 가동이 중단되고 사람들 활동이 줄어들면서 늘 뿌옇던 대기가 맑아졌다고 한다.

우리가 겪고 있는 이 고통은 자연을 함부로 훼손한 벌일까? 인류발전이 자연 파괴와 반비례하는 것이라면 우리가 지고 가야 할 무게가 점점 늘어나고 있음이다.

꽃들이 피면서 움츠러들고 좁아진 마음에도 온기가 돌아온다. 푸른 하늘을 하얗게 수놓은 목련, 헤실거리며 웃는 벚꽃, 보랏빛 귀여운 제비꽃, 돌담 틈이건 보도블록 사이건 공간에 욕심 없이 뿌리를 내려 꽃을 피운 민들레, 활짝 웃는 꽃들이 모여 완성한 봄을 바라보며 작은 위안을 얻는다.

목련이 피고, 또 진다. 바람에 떨어진 꽃잎은 사람들 발길에 차인다. 누렇게 변색한 목련꽃은 남루하다. 우아하게 비상하던 시절을 상상할 수조차 없다. 발길에 짓이겨진 이파리 위로 벚꽃이 내려앉아 목련의 처연함을 덮는다. 언 땅을 헤치고 나온 새싹들이 잎을 만들고 꽃을 피운다. 사람들은 두려움에 떠느라 봄을 잊었지만, 자연은 잠들었던 생명을 깨우고, 산자락을 연둣빛 푸르름으로 물들인다.

꽃이 피어도 맘 놓고 즐길 수 없는 2020년의 봄, 그래도 그 봄이 잊지 않고 이렇게 돌아왔다.

겨울을 밀어낸 계절이 이름을 바꾸어 봄이 된 것처럼 코로나19를 밀어내고 새로운 이름의 희망이 돌아올 것이다.

나들이

이상한 시절이다.

불쑥 찾아온 코로나 19는 눈치 주고 구박해도 좀처럼 떠날 생각을 않는다. 코로나에 전염될까 무서워 보고픈 사람도 만날 수 없다. 코로나 19의 장벽은 형제자매의 만남조차 차단한다. 막연한 불안은 조금씩 증폭되고 깊어진다. 넉넉지 못한 통장의 잔고가 비어 가는 것을 맥없이 바라보는 것처럼 하루하루가 애달프다.

소소한 외출조차 힘든 날이 올 줄 누가 알았을까?

4월에 접어들자 확진자가 조금씩 줄었다. 이제 끝이 나려나 싶고, 이런 기회에 잠깐 얼굴이라도 보고 싶어서 작은언니를 찾아갔다. 안양과 용인, 지척에 살면서도 전화로 안부만 주고받을 뿐, 얼굴 못 본 지 2년이나 지났다.

언니와 마주한 순간 나도 모르게 가슴이 덜컹 내려앉고 싸한 아픔이 몰려왔다. 그사이 언니 모습이 많이 변했다. 볼살이 홀쭉

하게 빠지고 두툼하던 뱃살도 사라졌다. 입고 있는 티셔츠의 목
둘레가 헐렁하다. 지병이 있기는 했지만 늘 활기차던 언니였는데
못 본 사이 많이 수척해졌다. 야윈 그 모습이 엄마를 닮았다. 아
픈 마음을 들키지 않으려고 애써 어설프게 웃었다. 변해가는 나
를 발견할 때보다 사랑하는 사람들 늙어가는 모습과 맞닥뜨릴
때 가슴이 더 시리다.

　언니를 자동차에 태우고 대부도 바닷가로 갔다.
　그간의 밀린 이야기를 시작하자 침울하던 언니 얼굴에 미소
가 돌아왔다. 들어주는 것만으로도 서로에게 위로가 되는 시간,
내 마음도 환하게 밝아졌다.
　언니의 팔짱을 끼고 쏟아지는 봄볕을 따라 걷는다. 넓은 바다
를 바라보니 답답하던 마음이 확 트인다. 불안에 갇혀 있던 시
간을 보상받는 느낌이다.
　얼마 걷지 않았는데도 힘에 겨운지 언니가 가쁜 숨을 토해 낸
다. 얼굴에 스치는 바닷바람이 추운지 움츠린 언니의 어깨가 왜
소해 보인다.
　언제 봐도 바닷가 풍경은 정겹다. 손님을 기다리며 정박 중인
요트에서는 이국의 정취가 풍긴다. 봄 햇살에 출렁이는 물결이
눈부시다. 머리 위로는 살찐 갈매기들이 끼룩거리며 날아다닌다.
사람들이 던져 주는 새우깡을 찾아 허공을 맴도는 철없는 갈매

기의 날갯짓이 분주하다. 사람들이 겪는 고통엔 아랑곳없이 자연은 늘 제 방식대로 흘러간다.

대부도는 근거리에 있어 언니들과 자주 놀러 오던 곳이다. 날씨가 풀리면 봄놀이하러 오고, 가을철이면 김장용 젓갈을 사러 온다. 내 생일 때도 점심이나 먹자며 대부도에 오곤 했다.

나이 차이가 많지 않은 두 언니는 서로의 옷이 더 좋아 보인다고 똑같은 옷을 입고 싶어 하는 친구같은 자매다.

젊었을 때는 언니들과 동해로, 서해로 바다를 찾아 여름 여행을 다녔다. 햇볕에 살갗이 데는 것도 모르고 바닷물에 뛰어들어 물놀이하던 그때가 참 그립다. 외출이 자유롭지 못하니까 이제야 그 시절이 소중한 줄 알겠다. 맘만 먹으면 아무 때나 떠날 수 있을 거라는 생각은 어리석은 오만이었다.

언니들은 이미 팔십 중반을 넘고 있다. 소소한 여행이나마 함께할 수 있는 시간이 얼마나 남았을까?

짧은 시간이지만 작은 언니와의 만남은 정말 다행이었다.

일산 사는 큰 언니는 구십 넘은 형부에게 혹시 코로나가 전염될까, 누구의 방문도 허락하지 않는다. 외출도 줄이고 아주 조심스럽게 무서운 시국을 이겨내고 있다.

못 보는 사이에 큰언니는 또 얼마나 많이 변해 있을까? 나이 들면서 살도 점점 빠지고 있었는데……. 그리움이 콧등으로 찡하게 퍼져 나간다.

엄마 돌아가시고부터, 늦둥이 막내인 나에게 언니들은 든든한 버팀목이다. 언니들의 무심을 가장한, 티 안 나는 보살핌은 나의 큰 의지처였다.

언니들과 마음 편히 얼굴 맞대고 웃을 날이 언제쯤 올까? 나란히 손잡고 나들이할 날은 또 언제쯤일까?

언니들과 바닷가 나들이 할 생각을 하면 절로 웃음이 나고, 그때를 기다리려니 애가 탄다. 그런 날이 어서 빨리 왔으면…….

토라짐

마주앉아 아침을 먹는 것으로 우리 부부의 하루가 시작된다. 점심은 각자 알아서 가볍게 챙기고, 술 약속이 잦은 남편은 저녁을 해결하고 들어오는 날이 더 많다. 아이들이 독립하고 부부만 남은 후부터 남편과 함께하는 식사는 아침뿐이다.

매일 별스러운 음식을 준비하는 건 아니지만 가끔 조기나 고등어를 노릇노릇하게 굽기도 하고 송송 썬 파를 넣어 부드러운 계란찜을 만들기도 한다. 밥상에 찌개나 국은 필수지만 미처 재료를 준비하지 못해 건너뛰는 날도 가끔은 있다. 마음먹고 나물과 조림 반찬을 해서 식탁이 풍성해져도 무심한 남편은 그런 변화를 전혀 알지 못한다.

'별 헤는 밤' 시가 들어 있는 식기 세트를 지인에게 선물 받고는 아침밥 차리는 일이 더 재미있어졌다. 하얀 접시에 파란색 나물을 옮겨 담을 때, 마치 예술작품을 완성한 것처럼 즐겁다.

콩과 보리를 넣은 잡곡밥을 밥공기에 소담스럽게 담아 남편 앞에 놓는다. 바글바글 끓는 김치찌개 냄비를 식탁으로 옮기고 계란말이를 하는데 식욕이 왕성한 남편은 어느새 밥을 반 이상 먹어 치운다. 유쾌하던 기분이 순간 엉클어진다. 매번 겪는 일인데도 그때마다 인상이 찌푸려진다.

신혼 때는 식구가 많아서, 아이들이 크면서는 시간이 맞지 않아서 둘이 오붓하게 식사할 기회가 많지 않았다. 이제야 둘만 하는 식사인데 잠깐을 못 기다리고 몇 끼 굶은 사람처럼 허겁지겁 먹어 치우는 남편을 이해할 수 없고 얄밉다.

식탁에 마주앉을 때까지 기다렸다가 같이 먹자고 부탁하고, 어떤 때는 화도 낸다. 그러면 하루, 이틀은 기다려 주지만 금방 다시 그날이 그날이다. 내가 식탁에 앉을 때는 이미 입에 맞는 반찬 접시는 바닥이 드러난 상태다. 왜 내 생각은 안 해 줄까 싶어서 속이 상하고 얼굴이 화끈 달아오른다.

남편의 버릇을 고쳐 보려고 수저 놓는 것을 맨 마지막 순서로 미루어 본 적도 있다. 아무 소용없다. 남편이 직접 수저를 챙겨서 또 먼저 밥을 먹는다. 어이없어 빤히 쳐다보았지만, 그는 쳐다보는 나를 인식조차 하지 못한다.

둘만 하는 식사인데 꼭 그렇게 바쁜 사람처럼 그래야겠냐고 물으면 "내가? 뭘? 알았어." 조금 계면쩍은 표정으로 바닥난 빈 접시와 나만 남겨 놓고 슬며시 식탁에서 멀어져 간다. 어정쩡하게 둘이 시작한 식사는 매일 혼자 남겨져 혼밥으로 끝난다.

남편의 배려 없는 식습관은 언제부터였을까? 장남으로 대접만
받고 자란 탓인지, 대가족 속에 살아서 본능적으로 배인 습관인
지, 아무튼 남편의 버릇은 쉽게 고칠 수도, 바뀔 것 같지도 않다.
이렇게 아귀가 맞지 않는 톱니바퀴처럼 삐거덕거리며 아옹다옹
똑같은 일상의 연속 드라마가 어제에서 오늘, 또 내일로 이어지
고 있다.

그날

오월 중순으로 접어들면서 설렘이 시작되었다. 하루하루 그날이 가까워질수록 산타를 기다리는 아이처럼 마음이 들떴다. 손주들의 얼굴이 떠오르고, 고사리손에 들고 올 편지 속에는 무슨 말이 쓰였을까? 할머니 사랑해요, 라고 썼을까? 아니면 고맙다고 썼을까? 그런 상상을 하면서 마냥 행복했다.

기다리던 그날이 점점 다가왔다. 마음이 풍선처럼 부풀어 올랐다. 가족과 친구들과 시간 배분을 어떻게 하면 좋을까? 가족한테는 점심을 먹자고 해야지, 그리고 저녁에 친구들을 만나서 편한 시간을 보내면 되겠지, 머릿속으로 계획을 세웠다. 생각만 해도 순간순간이 짜릿하고, 야금야금 행복했다.

하지만 상황은 내 예측과는 다른 방향으로 진행되었다. 아들에게서 연락이 왔다. 피치 못할 사정이 생겼으니 가족 모임을 일주일 연기하자고 한다. 특별한 이벤트를 기대한 건 아니지만 서운했다. 그래도 아들 마음이 불편할까 봐 해마다 돌아오는 날이니 괜찮다고, 아무렇지도 않은 척했다.

"그래, 차라리 잘됐어. 그날은 친구들이랑 재미나게 보내면 되지 뭐."

친구들과 일정이 겹쳐지지 않아 다행이라며 마음을 달랬다.

드디어 그날이 왔다. 부푼 내 기대를 비웃기라도 하는 듯 전화는 끝내 오지 않았다. 몇몇 친구들이 서로 생일을 챙겼고, 그후 첫 번째 맞는 생일인데, 유독 내 생일만 기억 못하는 친구들이 야속했다. 기다림에 지쳐 나중엔 화가 치밀고 약이 올랐다. 화를 참느라고 얼굴이 땀범벅이 되었다. 비참해지는 기분을 누그러뜨리며 "그래, 잊어버릴 수도 있지. 뭐. 그럼, 그럴 수도 있어." 자신을 위로하고 설득했다.

부푼 기대로 맞이한 그날이 허무하게 지나갔다. 마음은 조금씩 지쳐가고 눈물이 났다.

속절없이 해가 지고 밤이 되었다. 저녁 늦게 귀가한 남편과 외식을 하며 하루를 마무리했다.

일주일 후에 아들네와 딸네가 모였다. 손주들이 고사리손에 들고 온 편지 낭독과 두 손주의 축하 공연으로 서운했던 마음이 조금 누그러졌다.

하지만 달이 바뀌도록 친구들에겐 연락이 없다. 그동안 다른 친구들의 생일을 챙겼는데, 그들 기억 속에 내 존재가 지워졌나

보다. 서운함을 혼자 삭이며 우울한 며칠을 보냈다.

행복한 날이 될 거라 꿈꾸며 시작한 하루는 김빠진 맥주 거품처럼 사그라졌다. 화려한 꿈은 서운함을 드러내지도 못한 채 허무하게 끝이 났다. 즐거워야 할 순간에 인내를 배우면서, 예순일곱 번째 생일이 그렇게 지나갔다.

인연

북상하는 꽃길을 거슬러 남쪽으로 달려갔다. 기차 창문을 스치는 산과 들에는 미리 도착한 봄이 푸른 돗자리를 깔아 놓았다. 풋풋한 청량감이 넘쳐났다.

쌍계사 계곡에 도착하니 그곳에도 이미 봄이 와 머물고 있었다. 서둘러 연두색 옷을 갈아입은 아름드리나무들이 오랜 역사를 말해 주는 듯하다. 검은 바위와 계곡을 감싸고 흐르는 개천 물소리만 왁자지껄할 뿐, 평일이어서인지 쌍계사 경내는 고요했다. 각 전각으로 가는 이정표에 반가운 이름이 눈에 띄었다. 어리둥절, 설레면서 마음이 급해졌다. 대웅전에 들러 삼배를 하고 마음이 먼저 가 있는 그곳으로 갔다.

최인호 작가가 소설 『길 없는 길』에서 알게 된 선종 육조 혜능 선사, 그분의 정상(머리)을 모셨다는 육조정상탑이 쌍계사에 있다는 걸 이정표를 통해 처음 알게 되었다. 팻말이 가르치는 방향을 따라 금당으로 가는 가파른 돌계단을 올라갔다.

인기척 없는 고요한 산속에 전각이 있다. 반가운 마음에 전각 안으로 들어서는데 기분이 묘했다.

신라 성덕왕 시절, 삼법 스님은 중국 선종의 제6조인 혜능의 가르침을 배우러 당나라로 가려 했는데 이미 혜능선사가 열반했다는 소식을 듣는다. 몹시 안타까워하던 그는 『법보단경』 초본을 보고 "내가 입적한 후 5년 뒤에 어떤 이가 내 머리를 탈취해 갈 것이다."라는 혜능 선사의 예언을 알게 된다. 그래서 그 무덤을 찾아가 선사의 머리를 가져다 이곳에 모셨다고 한다.

삼법 스님이 정상을 모시고 돌아오는데, 설리갈화처(눈 쌓인 계곡 칡꽃이 피어있는 곳)에 봉안하라는 꿈을 꾸었다. 그래서 이곳에 혜능선사의 정상을 평장한 뒤 절을 지었고, 절 주변에 두 개의 계곡물이 합쳐져서 쌍계사라 했다. 신라 경애왕 때 진감선사가 건물을 세워 육조 영당이라 했고 후에 금당이라 불렀다.

탑을 먼저 만들고 전각을 지었는지 7층 석탑은 땅에 있고, 석탑 가장자리에 전각의 마룻바닥이 있다.

가까이에서 본 육조 정상탑은 경이롭고 신비로웠다. 혜능 선사의 정상(머리)이 이곳에 모셔지기까지의 과정을 생각하니 섬뜩하기도 하다. 천년이 넘는 세월 동안 이곳에 모셔져 있었는데 알지 못한 나의 무지함이 부끄러웠다.

쌍계사를 내려오면서 오늘의 큰 인연에 감사했다.

가끔 얼토당토않은 사람과 마주치면 어리둥절할 때가 있다. 전생에 뿌려 놓은 인연이 있으면 아무리 먼 곳에 있어도 언제 어느 곳에서든 만나게 되나 보다.

돌아보면 참 많은 인연이 있었다. 뼈와 살을 주신 아버지와의 너무 짧은 애틋한 만남. 주름진 얼굴과 굽은 허리, 늙은 모습만 기억에 남은 엄마, 막내인 나는 젊은 엄마의 모습은 알지 못한다. 피를 나누고 한솥밥을 먹으며 자란 형제자매들과의 인연, 결혼하고 집 떠나니 모두 추억 저편에 있다.

결혼하고 새 둥지를 튼 안양에서 정다운 이웃들과 새로운 인연을 맺으며 살아왔다. 같은 길을 걸어가는 사람들과의 소중한 만남, 어려움에 부딪혀 어찌할 바를 모를 때 길라잡이가 되어 준 사람들, 여행할 때 동행이 되어 주는 길벗들, 함께한 이웃들의 고마운 인연에 감사하는 하루다.

정든 동네를 떠나 새 둥지를 마련한 곳에서 또 새로운 인연을 만들며 살아간다. 인생 2막을 시작하며 새로운 장르에서 만난, 같은 길을 걷는 사람들과의 만남도 있다.

어느 하나 소중하지 않은 인연은 없다. 잘 알지는 못하지만 자주 마주치는 이웃과도 웃으며 인사를 나누고 작은 것이라도 나누며 산다. 오래된 인연의 소중함과 새 인연의 달콤함을 맛보며 오늘을 살아간다.

　많은 인연이 모여 완성되어 가는 삶이 좋고 그렇게 소중하게
익어가는 오늘이 좋다.

재회

여행길에 들린 강화문학관에서 그를 다시 만났다. 정말 우연이었다.

지인들과 조선 역사 현장을 찾아 떠난 답사길에 강화문학관이 눈에 띄었다. 잠시 들러 관람하기로 했다. 1층은 강화 출신이거나 강화에서 활동한 예술인들의 초상화, 생애와 업적 등이 전시되어 있고 2층은 조경희 소설가의 문학관이다.

일행과 1층을 건성 보고 지나치다가 어떤 이의 이름을 발견하고 깜짝 놀랐다. 소설 속에서 만난 그분이 실존 인물이라니, 멈춰 서서 전시된 그분의 기록을 읽었다. 짧은 삶의 비애가 짙게 배어 있었다. 순간 잊고 있던 기억들이 되살아났다. 그분을 향했던 깨끗한 감정이 살아나며 가슴이 벅찼다.

그는 내게 사랑을 알게 했고, 나의 십 대 끝자락을 설렘으로 채웠다. 그가 했던 것처럼 사랑하고 싶었고 그런 사랑을 받고 싶었다. 마음 깊이 숨겨 두고 흠모했던 그 사람을 의외의 장소에서 만나다니, 뜻밖의 행운이었다.

그를 처음 만난 건 십 대의 끝자락, 어느 무더운 여름이었다. 숨이 턱턱 막히는 더위를 견디려고 마음을 다독이며 책 속으로 여행을 떠났다. 그때 집어 든 책이 월탄 박종화 님의 대하 역사 소설 『자고 가는 저 구름아』다. 두꺼운 분량의 총 6권으로 조선 선조 때, 왕을 중심으로 궁궐에서 일어나는 이야기와 그 시대를 대표하던 인물들을 생생하게 그려낸 작품이다. 책을 읽는 내내 진흙탕 당파싸움에 울분을 터뜨렸고, 마음이 아파 숨이 멎는 느낌일 때도 있었다.

책에는 선조와 광해군을 비롯해 많은 역사적 인물이 등장하는데, 그중에 내 마음을 사로잡은 이는 주인공이나 큰 역할의 조연도 아닌 소소한 분량의 인물, '권필'이다. 그는 송강 정철의 제자이면서 스승인 정철의 여자, 기생 강아를 남몰래 사랑하는 선비였다. 정철은 동기童妓였던 강아의 머리만 올려주고 자신은 이미 노구의 몸이니 좋은 사람 만나라 하고 자리를 떠난다. 하지만 강아는 정철을 향한 절개를 지키고, 권필은 그런 그녀를 사모한다. 그는 사모하는 마음을 내색조차 못 한 채 그녀를 곁에서 지켜준다. 그녀의 방문 앞, 댓돌 위에 가지런히 놓인 비단신을 연모의 마음으로 바라보는 애처로운 사랑이다.

임진년에 왜군이 침입했다. 나라가 흔들리고 백성들은 갈 길을 잃었다. 나라를 위한 미인계로 그녀의 정절은 왜장에 의해 꺾이고 만다. 벗어날 수 없었던 현실의 늪에 권필은 얼마나 절망했을까? 그의 마음은 갈가리 찢어져 강가의 갈대처럼 하얗게 바랬을지도 모른다. 나도 그 장면이 안타까워 애를 태웠다.

이미 오랜 세월이 흘러서 그 두 사람의 애틋한 대화들은 자세히 기억나지 않지만, 가슴 짠했던 감정들은 고스란히 남아 있다.

그를 흠모하면서 그 여름, 첫사랑의 감정을 책에서 배웠다. 그저 곁에서 바라보는 것만으로도 행복할 수 있다는 것을 권필 그분이 내게 가르쳐 주었다. 훗날 그런 사람을 만나고 그런 사랑을 할 수 있기를 소망했다. 그러나 흐르는 세월은 소유하는 것이 사랑이라고 가르쳤고 욕심으로 마음을 채우게 했다.

몇 년 전, 살면서 가장 기억나는 사람이 누구냐는 질문을 받은 적이 있다. 문득 '권필'이 떠올랐다. 주저 없이 그 이름을 적었다. 그가 여전히 내 잠재의식 속에 살아 있었나 보다. 그리곤 또 까맣게 그를 잊었다. 강화에서 그를 다시 만나기 전까지.

뜻밖의 만남에 첫사랑을 만난 듯이 마음이 두근거렸고, 두근거리는 내 모습이 당황스러웠다.

누구도 관심을 두지 않는 그 사람 이름 앞에 서서 기록을 통해 권필의 삶을 들여다보았다. 그는 당쟁으로 뒤엉킨 벼슬에는 뜻이 없었다. 시와 술로 풍류를 즐기며 자유분방하게 살면서 명성을 듣고 찾아온 유생들을 가르쳤다. 성격이 곧고 바른말을 잘하는 그는 세태를 시로 풍자했는데, 방탕하게 사는 광해군 부인의 외척들을 비난하는 궁류시를 지었다. 그로 인해 광해군의 미움을 샀고 유배형을 받았다. 유배지로 떠나기 전 형벌로 맞은 곤장으로 장독이 올라 귀양을 가기도 전에 세상을 떠나고 말았다. 천재는 단명하다더니, 최고의 문장가였고 사랑꾼인 권필도 사람들의 시기를 피할 수 없었나 보다.

소설에서 보여 준 순결한 사랑으로 인해 그는 젊은 날, 나의 우상이었고 긴 세월 동안 마음속에 자리하고 있다. 그를 만나 흥분된 마음이 동행한 이들에게 보일까 부끄러워 아쉽지만 그를 뒤로한 채 일행들 속으로 들어갔다.

서른 그날

매주 목요일마다 우리는 도시를 벗어나 산으로 갔다.

무거운 가방을 메고 힘겹게 산길을 오른다. 마치 먹기 위해 산에 오르는 것처럼 능선을 넘을 때마다 간식을 먹는다. 밀린 이야기는 끊어질 줄 모르고 이어진다.

지금은 어림도 없는 얘기지만 그 시절엔 개울가나 바위에서 직접 밥을 해 먹었다. 지고 간 배낭 속에는 쌀과 찌개거리, 손맛이 배어 있는 밑반찬이 들어 있다. 서둘러 약수를 길어 밥을 짓고, 찌개를 끓이고, 다양한 밑반찬을 꺼내 늘어놓으면 웬만한 식당 점심상보다 푸짐하다. 땀 흘린 산행 뒤에 먹는 밥이라 꿀맛이다. 어떤 날은 카레도 만든다. 어느 해 여름엔 커다란 수박을 끌어안고 끙끙거리며 산을 오르기도 했다. 흐르는 개울물에 발 담그고 앉아 감자를 쪄 먹기도 했다. 우린 정말 먹기 위해 산에 오르는 사람들 같았다.

겨울에는 산행 중에 갑자기 눈을 만나기도 한다. 빈 나뭇가지를 감싸고 하얗게 피어나는 눈꽃 송이를 보면서 추운 줄도 모르고 즐거워했다. 소나무 아래 모여 앉아 오들오들 떨면서 점심을 먹었다. 도시락 위로 떨어지는 눈 때문인지 그야말로 별미였다. 하산길에 친구가 젖은 낙엽을 밟고 엉덩방아를 찧었는데도 걱정보다 웃음보가 먼저 터졌다. 그 유쾌했던 순간은 수십 년이 지났어도 여전히 아름다운 기억이다.

　엄청 민망한 실수를 한 적도 있다. 많은 날이 흘렀지만 지금도 그날을 생각하면 얼굴이 화끈거린다. 그날 산행 목적지는 관악산 연주암이었다. 연주암에 도착하자마자 나는 불자인 친구와 함께 법당으로 가 참배를 드렸다. 그러는 잠깐 사이에 기막힌 일이 벌어졌다. 함께 갔던 친구들이 산사 마당 끝에 자리 잡고 앉아 웃고 떠들며 삼겹살을 구웠다. 연기와 함께 고기 굽는 냄새가 삽시간에 절간에 퍼져 나갔다.
　"세상에 이런 일이."
　청정한 산사에서 벌어진 이 황당한 사태를 어떻게 수습해야 할지 난감했다.
　곧이어 스님 두 분이 나타나셨다. 냄새의 실체를 확인하고는 경직된 표정으로 꾸짖듯이 말씀하셨다.
　"어허. 무엇들 하십니까?"

웃고 떠들던 친구들도 얼굴이 굳어졌다. 어떻게든 그 위기 상황을 벗어나야 했지만, 방법이 없었다. 얼떨결에 스님 앞으로 나섰다. 두 손을 모으고 진심으로 "스님, 제가 조금 전에 법당에 가서 부처님께 허락 받고 왔습니다." 공손하게 허리를 굽혔다. 뻘쭘하게 웃으며 고개를 숙인 내 언행이 당돌하기는 하였으나 그 기막힌 상황을 어떻게 해야 할지 스님도 정답이 없으셨나 보다. "부처님이 허락하셨다는 데야 더 무슨 말이 필요할까? 허허." 웃으시며 우리에게서 멀어지셨다.

그 순간 어떻게 그런 용기가 생겼는지, 덕분에 웃지 못할 해프닝은 무사히 끝났다. 그날 고기를 어떻게 먹었는지 혹은 안 먹었는지 아예 기억에 없다. 관악산 코스에 하필 점심 메뉴로 삼겹살을 선택한 게 잘못이었다.

요즘도 가끔 관악산을 오르고 연주암에 간다. 고기를 굽던 그 자리에 선불전이 세워졌다. 연주암 마당에 서면 그날이 생각나 선불전을 바라보며 웃는다.

언제까지나 변하지 않을 것 같던 친구들이 하나둘 신도시로 이사하면서 산행은 흐지부지되었다. 철없어 용감했던 그때 서른 즈음. 되돌아갈 수 없는, 젊기에 가능했던 그날의 실수를 나는 아직도 웃으며 이야기하곤 한다. 지금은 돗자리 펴놓고 하라고 해도 도저히 할 수 없는 그날의 이야기를.

용머리 바위에서

1653년 네덜란드 상인의 배가 난파되어 표착했던 바닷가, 그것을 기념하듯 용머리 해안에는 커다란 배 모형의 카페가 있다.

네덜란드 상선商船의 서기였던 하멜은 조선에서 13년 동안 억류 생활을 하다 탈출에 성공했다. 고국으로 돌아가 조선에서 보고 듣고 경험한 일들을 글로 쓴 것이 서양에 최초로 우리나라를 알리는 계기가 되었다고 한다. 어떤 인연의 끈이 그를 제주에 오게 하고 『난선 제주도 난파기』란 책을 쓰게 한 것일까? 이역만리에서 그들의 고초가 얼마나 험난했을지, 그가 감금당해서 겪은 기록이 그것을 짐작케 한다.

우리 일행이 용머리 바위에 도착했을 때, 팔월의 태양에 달구어진 바위가 뜨거운 열기를 내뿜고 있었다. 마치 장작불을 머리 위에 쏟아붓는 듯했다. 별 기대 없이 그저 유명세를 탄 관광지려니 했는데 막상 그 바위 앞에 서니 그 엄청난 크기와 웅장함에 압도되었다. 나란 존재감이 갑자기 작아지면서 저절로 위축되고 감탄사가 터져 나왔다.

용머리 해안은 바닷속 세 개의 화구에서 분출된 화산쇄설물이 쌓여 만들어진 해안으로 제주도에서 가장 오래된 수성 화산이라고 한다. 오랜 기간 퇴적과 침식에 의해 지금 같은 모습이 되었는데, 그 형태가 마치 용이 머리를 들고 바다로 들어가는 모습과 닮아 용머리라 부른다. 화산이 분출하는 중에 화도火道가 이동하면서 생성되었다고 한다. 그래서인지 그 구조가 특이하다.

굴곡이 깊고 넓게 파인 곳과 얇게 파인 다양한 형태가 한순간에 마음을 사로잡았다. 가끔 불어오는 해풍이 더위로 막혔던 가슴을 시원하게 식혀 주었다.

길손을 맞이하는 큰 바위는 하반신이 깊은 바다에 잠겨 있는데도 더위를 이기지 못해 연신 땀을 흘리고 있다. 우리는 탐방로를 따라 걷는다. 바위에 앉아 낚싯대를 드리우고 있는 가족이 눈에 들어왔다. 근심 하나 없는 표정이 마치 행복을 건져 올리는 것 같다. 호숫가에서 낚시하던 우리 가족 옛 모습과 겹쳐진다. 문득 아이들과 즐거웠던 그때가 그립다.

외진 모퉁이 바위 그늘 밑에서 전복과 소라를 파는 아낙들이 손짓한다. 우리는 아무 시름도 없는 듯 실없는 농담을 하며, 해산물을 안주로 술잔을 기울인다. 술 한 잔에, 용머리 바위에 압도되었던 무거운 기분을 내려놓는다.

시루떡을 포개 놓은 모양의 바위 모퉁이를 돌아서니 움푹 파인 바위가 나온다. 햇빛이 가려져 그늘이 제법 시원하다. 평평한 곳을 찾아 털썩 주저앉으며 더위에 지친 자신을 팽개친다. 좀 전에 마신 술 탓인지 친구들은 마냥 즐거워 보인다. 내 존재는 아예 잊어버린 듯 핸드폰 카메라에 자신들의 추억을 담고 또 담는다. 불어오는 바닷바람이 비릿하다.

용의 꼬리에서 머리까지 걸으면서 마음에 쌓아두었던 버려야 할 미련들을 하나씩 바다에 버린다. 닿을 수 없음에도 욕심으로 끌어안고 살아온 것들과 끝까지 지키지 못해 깨져버린 우정의 부스러기들, 가질 수 없는 것들을 차례로 물속에 던진다. 오랜 시간 내 안에 품고 살았던 인연의 끈을 잘라내니 너무 쉽게 포기하는 것은 아닌가 싶어 아쉬움이 남는다. 모두 버리고 나니 마음이 텅 빈 듯 허전하다. 그런 내 속내가 친구들에게 초라해 보일까 봐 더위를 핑계로 눈물을 닦는다.

수억 겁을 두고 많은 사연을 품었을 용머리 바위에 사연 하나를 더 보태고 돌아서는 내 머리에 차가운 바위 눈물이 툭 떨어진다.

철원 이야기

　더위를 조금씩 밀어내고 가을이 주춤거리며 다가온다. 며칠 뒤면 벌써 추석이다. 코로나 19로 가족이 모일 수 없으니 명절이 다가와도 딱히 해야 할 일도 없고 즐겁지도 않다. 우두커니 계절의 흐름만 지켜볼 뿐.

　시들한 채소처럼 생기 잃은 일상에 핸드폰 메시지 한 통이 활력을 준다.

　'배달 시간 18시, 보낸 이 박'

　철원에 사는 친구가 보내온 추석 선물이다. 비무장지대에서 직접 수확한 쌀을 추석에 햅쌀밥 지으라며 매년 잊지 않고 보내준다.

　고향 친구긴 하지만 성별이 다르다 보니 어릴 때 친하게 지낸 기억은 별로 없다. 학교 오갈 때 그 애 집 앞을 지나다 우연히 부딪치면 그 애는 얼른 돌담 뒤로 숨었다. 먼발치에서 힐끔 눈이 마주쳐도 수줍은 듯 얼른 외면했다. 제대로 말 한마디 나눠 본

적 없는 친구다.

　그렇게 많은 날이 지나고 머리가 희끗희끗해질 무렵 그 친구가 느닷없이 철원 오대산 쌀 20kg을 보냈다. 이름은 또렷이 기억하지만, 얼굴은 생각조차 나지 않는 그 친구가 무슨 영문으로 쌀을 보낸 건지 이해할 수 없었다. 이리저리 수소문해 연락처를 알아내서 전화를 했다. 처음 듣는 낯선 중저음의 목소리가 전화를 받더니 "반갑다. 친구야. 잘 지내지?" 하고 안부를 물었다.

　"어 그래. 오랜만이네. 선물 잘 받았어. 고마워."

　"별것도 아닌데 뭘."

　멋쩍어하는 친구의 모습이 보이는 듯했다.

　몇 해 전에 처음 동창회에 참석한 철원 친구는 오랜만에 만난 옛 친구들이 무척 반가웠나 보다. 동창들을 자기 집으로 초대해서 후한 대접을 하고, 그해 가을에 수확한 쌀을 모두에게 선물했다고 한다. 참석하지 않은 나까지 명단에서 찾아 쌀을 보내 주었다. 한동네 살던 친구라는 이유로.

　최전방 비무장지대에서 힘들게 농사지은 쌀을 친구들과 아낌없이 나눈 친구의 마음 씀씀이가 참 대단하다. 고맙다는 인사만으로는 모자란 것 같아서 나 역시 우정을 담아 답장의 선물을 택배에 실어 보냈다. 그렇게 끝이 난 줄 알았다. 하지만 그건 우정을 과소평가한 나의 좁은 소견이었다. 그 후에도 철원 친구는 해마다 추석 무렵이면 햅쌀을 보내온다. 힘들게 수확한 것을 앉아서 받는 게 미안하다고, 이제 고만 보내도 된다고 했더니 그 친구 대답이 걸작이다.

"우리 동네 살던 부자가 죽었는데 갈 때 빈손으로 가더라."

큰 홍수가 났던 해, 쌀이 오지 않았다. 안 그런 척하면서도 은근히 기다렸었나 보다. 조금 서운하기도 하고 무슨 일이 있나 걱정도 되었다. 그러다 그냥 잊어버리고 일 년이 지나갔다. 추석을 며칠 앞둔 날, 철원 친구에게서 전화가 왔다. 핸드폰을 분실해서 주소가 날아갔으니 주소를 보내 달라고 한다. 정말 괜찮으니 안 보내도 된다고 했다. 그러자 친구는, 지난해 흉작으로 쌀을 보내지 못했는데 일 년 내내 마음이 무거웠다고 한다.

처음 쌀을 받았을 때는 익숙지 않아 낯설고 부담스러웠는데 시간이 지나면서 나를 위해 이런 정성을 기울여 주는 그 마음이 고맙고 기뻤다. 수줍음 많던 그 소년의 모습은 어떻게 변했을까? 멋있게 나이 들어가는 친구의 모습도 궁금했다.

일 년 농사가 마무리될 무렵에 철원 친구를 초대했다. 한동네 자란 친구 몇 명이 함께 모였다. 철원 친구는 부인과 아들을 앞세우고 나타났는데, 미소년의 수줍던 친구는 간곳없고 온화하고 후덕한 아저씨가 다가와 손을 내밀었다.

지나간 이야기는 묻어 두고 우리들은 현재 살아가는 이야기로 회포를 풀었다.

가진 것을 아낌없이 이웃과 나누는 철원 친구의 넉넉함도 존경스럽지만, 곁에서 묵묵히 바라보는 부인의 내조 역시 대단하다. 그녀는 우리를 친근하게 언니라고 부른다.

친구 얼굴도 잊어버린 나를 친구로 챙기는 그 마음이 고맙고, 그 친구의 지칠 줄 모르는 우정, 그 나눔이 아름답다. 노년의 삶을 후덕하게, 근사하게 이끌어 가는 철원 친구를 떠올리면 마음이 훈훈하다.

겨울이 시작하기 전에 철원으로 감귤 한 박스를 보내야겠다. 추운 계절 친구가 건강하기를 바라는 마음을 담아서. 노란 감귤은 친구의 따뜻한 마음을 닮았다.

해마다 가을이면 우정은 택배차를 타고 안양과 철원을 오갈 것이다.

상판리의 가을

여명이 밝기도 전에 집을 나섰다. 자동차는 어둠에 묻힌 아스팔트 길을 힘겹게 달렸고, 세 번의 요금소를 지나 국도로 접어들 즈음에 붉은 해가 산 위로 고개를 내밀었다. 늦잠 자던 산들이 부스스 깨어나고 안개 속에 잠겨 있던 겹겹의 먼 산들도 아침 햇살을 받으며 기지개를 켰다. 찬이슬 머금은 들녘이 가슴 시리게 아름다웠다.

더위가 한풀 꺾이고, 푸르던 나뭇잎이 빛을 잃더니 이내 가을이다. 가을이면 해마다 친구의 초대를 받는다. 상판리에 사는 그녀는 어릴 적부터 한동네에서 나고 자란 소꿉친구다.

어느 해 겨울, 그녀가 고향 친구들을 집으로 초대했다. 부부 동반으로 모인 우리들은 어릴 적 추억을 떠올리며 밤늦도록 정담을 나누었다. 친구 부부는 잠시 앉을 짬도 없이 바빠 보였다. 과수원, 밭농사뿐 아니라 낙농업까지 겸하고 있어 늦은 저녁 시간까지 축사를 돌봐야 했다. 그 분주한 중에도 친구들을 챙기면서 웃음 띤 얼굴로 '그래그래' 맞장구쳐 주었다. 우리는 다 같이 밥도 하고 고기도 구우면서 웃고 떠들었다.

이듬해 가을, 친구가 다시 전화했다. 김장 무가 잘 자라 달고 맛있다며 가져가란다. 날씨도 좋으니 단풍 구경할 겸 놀러 오라는 것이다. 무만 가져오면 짝이 맞지 않으니 배추까지 주면 가겠다고 했다. 농담 삼아 한 말인데 며칠 지나 그녀에게서 다시 전화가 왔다. 배추를 세어 보니 나눠도 될 것 같다고 했다. 친구에게 부담을 준 것 같아 미안한 생각이 들었다. 가뭄과 더위로 고생했을 친구의 땀을 생각하니 뭔가 잘못한 것 같았다. 그렇다고 거절할 수도 없는 일이었다. 친구가 가꾼 농산물이니 믿을 수 있고, 밭에서 바로 수확한 것으로 김치를 담그면 더 맛있을 것 같다는 생각도 들었다.

입동이 다가왔을 때 남편을 앞세우고 그녀의 집으로 갔다.

그 후론 해마다 가을이면 어김없이 친구에게 연락이 왔고, 몇 년째 이어가고 있다.

상판리 가는 길은 고향 가는 길처럼 정답다. 반갑게 맞아주는 친구의 얼굴에서 정이 묻어난다.

우리 부부가 도착하기도 전에 작업을 다 끝낸 친구 남편은 오느라 수고했다며 너털웃음을 웃는다. 마당에는 실하게 잘 자란

무와 배추가 수북이 쌓여 있다. 친구가 차려 준 잡곡밥 한 그릇에 시원한 뭇국으로 배를 채우고 나란히 앉아 커피를 마셨다.

멀리 보이는 무밭에 커다란 철망이 둘러쳐 있었다. 내가 그 이유를 묻자 친구는, 무를 파종해서 새싹이 돋으면 고라니가 살금살금 들어와 뜯어먹고, 무가 좀 자라면 산에서 내려온 멧돼지가 무밭을 엉망으로 만들어 버린다고 했다. 농사짓는 것도 힘들 텐데 산짐승하고 싸우기까지 해야 하다니, 마음 한구석이 짠했다.

우리는 햇살을 등지고 앉아 알타리를 다듬었다. 어디선지 은은한 꽃 향이 날아왔다. 눈에 보이는 것이 푸른 산이고 숲인데도 친구는 집 안 구석구석에 꽃을 심었다. 정성스레 가꾼 꽃에서도 그녀의 인정 많고 다정한 성격이 나타난다. 그녀는 살아오면서 만났던 고마운 사람들을 기억하고 감사하며 산다고 했다. 무밭에는 햇살이 따사롭게 내려앉고, 햇살을 받은 친구 얼굴이 눈부셨다.

친정에 온 딸 챙겨주듯 친구는 가을걷이해서 쟁여 둔 것들을 아낌없이 차에 실어 주었다. 알밤도 한 자루 내어 주고, 사 두었던 생필품까지 슬며시 밀어 넣었다. 자동차 트렁크에는 배추, 무, 알타리, 파, 갓, 풋고추 등이 가득 실렸다. 더불어 친구의 정이 덤으로 얹혔다.

아낌없이 퍼 주기는 친구 남편이 한 수 위다. 눈에 띄는 것은 뭐든 차에 실을 수 있는 만큼 맘껏 가져가라면서 호탕하게 웃는다. 그것뿐이 아니다. 여름이 되면 잘 영근 옥수수가 배달되고, 추석 무렵이면 포도와 밤을 따러 오라고 친구들을 부른다. 이른 봄이면 냉이를 캐서 보내고, 며칠 후엔 두릅을, 그 뒤를 따라 돌나물이 택배로 온다.

처음엔 그녀의 친절이 어색하고 부담스러웠다. 평소 받는 것에 익숙하지 않아서인지 친구의 후한 인심이 낯설었다. 이런 소심한 생각은 해가 거듭되면서 바뀌었다. 이젠 수확철이 되면 은근히 소식을 기다린다. 정이 담긴 친구의 마음 씀이 좋아서다.

나 역시 나누는 기쁨을 모르지 않는다. 고마웠던 사람도 기억나고 친구들도 그립다. 밥 같이 먹으면서 옛이야기도 나누고 싶다. 그런 맘은 친구와 별반 다르지 않은데, 나는 행동으로 옮기지 못하고 생각에만 머물러 있다.

이제 그녀에게서 마음 밖으로 손을 내미는 방법을 배운다.

오늘 그녀가 보낸 택배가 배달되었다. 차가 비좁아서 가져오지 못했던 대파를 한 상자 보내왔다. 얼마나 튼실한지 파 키가 내 허리까지 찬다. 잘 자란 파를 보니 일류 농사꾼인 친구가 자랑스럽다. 훈훈한 친구 마음 덕분에 올겨울도 따뜻하게 보낼 수 있을 것 같다. 겨우내 식탁에는 상판리 가을이 그득할 것이다.

눈이 오면

겨울이 한 중심을 향해 치닫더니 제법 많은 눈이 내렸다. 온통 하얗게 변한 세상 속으로 나섰다. 아무도 지나가지 않은 길, 가장자리로 눈이 소담스럽게 쌓여 있다. 반가움에 흰 눈 위로 한 걸음 내딛다가 멈추었다. 내 발자국이 눈의 순결을 더럽히는 행위 같아 되돌아섰다. 사람들이 지나간 눈길을 걷는다. 걸을 때마다 뽀득뽀득 눈 밟는 소리가 옛 생각을 불러온다.

어렸을 적 겨울엔 눈이 참 많이도 내렸다. 한번 온 눈은 금방 녹지 않아 먼저 온 눈 위에 새로 온 눈이 쌓이기도 한다. 어린 시절엔 눈 위를 걸어도 눈 속에 발이 빠지지 않았다. 학교에서 돌아오는 길에 아이들과 눈 위를 살금살금 걸으며 신기해하던 기억이 떠오른다. 그때는 우리들 몸이 가벼워서였을까? 날씨가 지금보다 더 추워서였을까?

눈이 온 뒷날 체험했던 다양한 추억은 아름다운 영화의 한 장면 같다. 책가방을 벗어 밑바닥으로 눈을 살짝 밀어내고, 더럽혀

지지 않은 속 눈을 퍼서 혀로 찍어 먹으면 혀끝에 닿는 촉감이 요즘 아이스크림같이 부드러웠다. 눈 위에 벌렁 누워 누구의 몸 자욱이 더 큰지 내기를 하며 깔깔거리는 우리들 머리 위로 나무에 얹혔던 눈이 쏟아졌다. 눈 폭탄을 맞아도 그것마저 좋아서 펄쩍 뛰던 기억들이 떠오른다. 하얀 입김으로 코끝이 빨개지고 손이 꽁꽁 얼어도 그때는 추운 줄도 몰랐다.

두발의 뒤꿈치를 붙여서 발자국으로 커다란 꽃줄기를 수놓을 때, 친구들보다 더 크게 만들려고 눈밭 멀리까지 발자국을 찍고 맨 위에 꽃송이를 만들었다.

캄캄한 밤중에 하얀 눈이 왔구나
하얀 눈이 밤새도록 내렸구나
가자 가자 눈길로
어서 가자 눈길로
우리가 가는 이 길이
백두산까지 뻗었다
백두산 구경을 하러 가자

그리고 이 동요를 목청껏 소리 높여 불렀다. 목소리가 커질수록 우리가 만든 그 꽃이 백두산까지 닿을지도 모른다는 생각을 했다.

집으로 돌아오는 길, 밤나무숲 길에서 같이 놀던 그리운 동무들, 그런 어릴 적 추억이 기억 저편으로 아득히 멀어져 갔다.

옛날처럼 눈을 먹을 수 있다고 생각하는 사람은 이제 아무도 없다.

나이 들어 생활 공간이 바뀌고 골목 안 집에 살게 되었다. 즐겁기만 하던 눈 오는 날이 도심에선 골목 눈을 치워야 하는 날이 되어 버렸다. 그나마 조금 오는 날은 골목 양쪽으로 밀어 놓으면 저절로 녹아 사라지지만 펑펑 제대로 함박눈이 내리는 날이면 골목 안 사람들이 모여 눈을 골목 밖으로 퍼내야 한다. 양동이, 세숫대야를 들고나와 어른, 아이 모여서 눈 치우는 일은 어쩌다 한번은 재미있기도 하다. 첫눈은 그나마 환호성으로 맞아준다. 겨울이 깊어지며 눈이 자주 내리면 아이에게도 어른에게도 눈 치우는 일은 노동이 된다. 그래서일까? 요즘은 눈이 귀한 세상으로 바뀌고 있다.

다시 주거 공간이 바뀌면서 눈에 대한 생각이 또 바뀌었다. 어린 시절만큼은 아니지만 눈 오는 창밖을 여유를 갖고 맘 편히 바라본다. 아파트란 주거 공간은 눈이 와도 비가 와도 빗자루 들고 나설 일이 없기 때문이다.

오랜만에 눈이 내렸다. 그 귀한 눈을 밟다 보니 옛 추억 속에 잠들어 있던 기억들이 되살아나고 있다. 알싸한 공기가 매운맛으로 오락가락하는 내 정체성을 나무라듯 얼굴에 와 부딪힌다.

밤사이 하얀 눈이 내렸다. 하얀 눈이 흔들리는 내 마음을 조용히 덮어 주었다.

PART 4
향적봉 가는 길

봄날

영산홍 가냘픈 꽃잎이 떨어져 나무 아래 쌓이고, 봄날이 간다. 목련꽃 열매가 떨어져 발길에 차인다. 우아하게 사월 하늘을 비상하던 절대적인 아름다움 뒤에 남겨진 누추한 모습, 어처구니없는 영화의 비극적 결말을 보는 것 같아 인상이 찌푸려진다.

시원한 바람과 따가운 햇볕이 서로 시기하며 나대던 날, 친구의 초대를 받아 몇몇이 떠나는 여행 팀에 합류했다. 매일 반복되는 단조로운 일상에서 벗어났다.

여행지는 이순신 장군의 향기가 곳곳에 스며있는 여수다. 진남관과 거북선을 관람했다. "나의 죽음을 적에게 알리지 말라." 목숨을 아끼지 않고 나라를 지켜낸 장군의 음성이 들려오는 것 같다.

장군이 목숨 바쳐 지켜낸 여수의 밤, 화려한 불빛에 취해 거리를 걷고, 케이블카 위에서 여수 밤바다를 내려다본다. 옛 전흔의

혼적은 어디에도 없다. 사람들은 자유분방하고 검푸른 물결 위엔 불빛이 황홀하다. 하릴없이 따라온 일상의 걱정들을 털어내 바다 위로 날려 보낸다.

날이 밝으니 밤에 보았던 화려했던 도시는 빛바랜 종이꽃처럼 쓸쓸하다. 그 도시를 뒤로하고 꽃섬 하화도로 출항하는 배에 탑승한다. 배는 하얀 물거품을 만들어내면서 푸른 물결을 가르고 달린다. 아무리 애써도 배를 앞서지 못하는 물보라를 보면서 마음먹은 대로 되지 않는 인간의 희로애락을 생각한다.

섬에 도착하니 한낮이다. 오월의 눈부신 태양 빛이 정수리 위로 쏟아진다. 바닷가 햇살은 그늘이 없어 더 따갑다. 부둣가 매점에서 찬 생수로 더위를 식히고 섬 중앙으로 난 길을 따라 하화도 탐방을 시작한다.

경사진 오솔길을 오르려니 금방 숨이 차고 얼굴은 땀범벅이 된다. 때마침 바다에서 한 줄기 바람이 불어와 반갑게 손님을 영접한다. 감사 인사 대신 함박웃음을 짓는다.

하화도는 꽃섬이라고 불린다. 그런데 섬 주변을 아무리 둘러보아도 풀만 무성하다. 어디에도 꽃의 자태가 보이지 않는다. 하화도란 섬 이름이 무색하다.

이마에서 흘러내린 땀으로 세수를 하고 나서야 은은한 향기를 만난다. 길옆 풀숲, 엉클어진 잡초들 사이에서 하얀 찔레꽃이 수줍게 길손을 맞는다. 흔히 볼 수 있는 꽃인데도 반갑다. 성큼 다가가 처음 보는 꽃인 양 핸드폰 속에 저장한다.

더위에 지친 숨을 몰아쉬며 언덕을 오른다. 건너올 때 보았던 바다와는 또 다른 은빛 바다가 끝없이 펼쳐져 있다. 강렬한 태양 아래 일렁이는 물결은 에메랄드 보석을 품은 듯 눈부시게 빛난다. 잠깐 머물고 가기엔 너무 아름다운 곳, 순간 그곳에서 돌이 되어도 좋겠다는 생각이 든다.

하늘색을 닮은 바다와 바닷빛에 물든 하늘이 마주 보며 사랑을 나눈다. 하얀 구름이 내려와 찰랑거리는 바닷물에 몸을 담그고 바다는 엄마처럼 구름을 포옹하여 정담을 나눈다. 거친 풍랑 따위는 한 번도 만난 적 없다는 듯, 태초부터 그랬던 것처럼 바다의 얼굴은 온순하다. 거친 과거 따위 깊은 곳에 감춰 두고, 유유자적이다. 잔잔한 바다를 바라보고 있으니 미풍에도 광풍을 만난 듯 흔들리는 내 마음이 부끄러워진다.

지천명을 지나 귀가 순해진다는 나이임에도 불구하고 가끔 차오르는 울화로 얼굴을 붉힐 때가 있다. 그러다가 속내를 들키고는 부끄러워서 후회와 반성 사이를 오락가락한다.

살아오면서 겪은 작은 실패와 성공, 힘들다고 생각했던 시간이 저만치 밀려간다. 모파상의 『여자의 일생』에서처럼 "인생은 우리가 생각하는 만큼 행복한 것도 불행한 것"도 아닌 것 같다.

힘들었던 시간도 지나고 보니 꼭 그렇게 힘들기만 한 것은 아니었다. 돌이켜보면 그 아픔조차도 그리울 때가 있다.

영원히 평화로울 것만 같은 넓고 맑은 바다, 제 속을 잘도 다스린 하화도 바다에서 의연함과 넉넉함을 배운 봄날이다.

동행

　5월의 주말 아침, 남편의 제안으로 대중교통을 이용하여 도자기 축제에 가기로 했다. 우리는 배낭 하나 가볍게 둘러메고 집을 나섰다.

　안양역을 출발, 분당 이매역에서 경강선에 탑승하면 곧바로 여주역에 도착한다. 대중교통의 급속한 발전을 실감한다. 주말인데도 전철은 정체되는 법이 없다. 승용차로 움직이는 것보다 홀가분하다.

　경로 우대증을 발급 받고 처음하는 공짜 여행이다. 굳이 자리에 앉지 않아도 좋다. 우리는 창가에 기대서서 여주역까지 간다.

　경강선 열차가 도심을 벗어나자 차창 밖으로 정겨운 농촌 풍경이 파노라마처럼 펼쳐진다. 스쳐 지나가는 산야에서 금방이라도 뚝뚝 연둣빛 물감이 떨어질 것만 같다. 깔끔하게 정리된 들판은 부지런한 농부의 모습을 보는 듯하다. 자주 내린 비 덕분에 개울에는 물이 넘쳐흐르고, 논에는 벌써 모내기가 끝나간다.

힘차게 흐르는 물줄기를 보니 올해도 풍년이 될 것 같은 예감에 내 마음까지 넉넉해지는 것 같다.

우리는 계속 바뀌는 창밖의 풍경을 바라보며 평소 모아 두었던 이야기를 나눈다. 앞으로는 이런 여행을 자주 하자는 약속도 한다. 아이들과 나들이 나온 젊은 부부를 보고는 우리의 가족여행을 떠올리면서 그들처럼 얼굴 가득 웃음 짓는다.

젊은 시절엔 무거운 배낭을 짊어지고 기차로, 버스로 여행을 많이 다녔다. 힘든 줄도 몰랐다. 어느 해 여름, 강촌에서 야영하는데 밤새도록 비가 내렸다. 불어난 물 때문에 위험하다는 안내방송을 듣고 깜짝 놀라 새벽잠에서 깼다. 텐트 밖으로 나오니 비만 조금 내릴 뿐 강물은 그대로였다. 왜 피신하라는 건지 어리둥절했다. 우물쭈물하고 있는데 상류 쪽에서 갑자기 엄청난 양의 물이 몰려왔다. 부랴부랴 텐트를 챙겨서 아이들을 데리고 피신했다. 나중에 알고 보니, 계속 내리는 비로 물이 불어나자 상류에서 댐을 열어 놓았다는 것이다. 초보 캠핑족이었던 우리는 그런 급박한 상황을 알지 못했다. 우리 가족은 여름 피서철만 되면 그때의 아찔했던 기억을 꺼내 이야기한다.

종점에 가까워지자 열차 안에 남은 사람은 대부분 노인이다. 노약자석은 물론이고 삼삼오오 남겨진 팀들도 칠십은 넘어 보인다. 경로 우대증이 발급되면서 노인 인구가 전철로 모여든다던 이야기가 불현듯 생각난다. 자식들 눈치 보기 싫어서 아침 일찍

거리로 나온 노인들이 지하철역으로 모인다고 하더니 그 실상을 직접 확인할 수 있었다. 여가를 즐기기 위해 혹은 무료한 시간을 보내기 위해 지하철을 선택한 노인들, 뜻밖에 목격한 그 애처로운 현실 속으로 우리 부부도 들어간다.

사람들 사이에 섞여 도자기 축제 행사장으로 간다. 앞서가는 노부부는 두 손을 꼭 잡고 찬찬히 걷는다. 마치 오늘 주어진 행사를 잘 치르려는 듯이 신중하고 조심스러워 보인다. 걸음걸이는 엉거주춤하지만 서로 의지하고 배려하는 모습이 아름답다. 마치 삶의 완성을 보는 것 같다. 우리 부부의 노후도 저 노부부들처럼 아름다웠으면.

진열된 도자기를 기웃거린다. 고색이 짙은 도자기에서 도예가의 삶이, 채문이 고운 도자기에서는 그들의 숨결이 느껴진다. 청자, 백자를 비롯한 여러 생활용품이 진열된 곳에서 청도자기 밥그릇 세트와 찻잔을 산다. 은은한 푸른빛의 청도자기에 밥을 담으면 어떤 맛이 날까, 어떤 차향이 풍길까, 아마 더 깊고 건강한 맛이 나겠지. 내일부터 내 여백의 공간에 차향을 가득 채우고 싶다.

쇼핑을 끝내고 축제의 또 다른 재미, 먹을거리 행사장으로 향한다. 별 기대 없이 허기나 채워야지 했는데, 야시장 음식들이 의외로 맛있다. 국밥과 파전을 안주 삼아 남편과 시원한 동동주

한 뚝배기를 나누어 마신다. 옆 마당에서 지역 가수들의 열띤 공연이 무르익고 있다. 우리 부부의 기분도 상승곡선을 탄다. 간간이 불어오는 시원한 남한강 바람이 들뜬 마음과 땀을 식혀 준다.

우리는 오랜만에 신륵사까지 가기로 한다.

두 손을 잡고 일주문을 들어서는데 코끝에 스미는 향내가 사찰을 찾는 방문객을 반긴다. 먼저 경내를 둘러보고, 다음엔 강가에 있는 다층 전탑으로 향한다. '여주 신륵사 다층 전탑'은 유일하게 남아있는 고려 시대 전탑으로 보물 제226호로 지정되어 있다.

탑은 남한강이 굽어보이는 암석 위에 서 있다. 강물과 어우러진 풍경이 그림처럼 아름답다.

신륵사를 지키며 긴 세월 나이 들었을 석탑의 이야기에 귀 기울이며, 다시 태어나도 불국토에 나기를 염원한다. 앞으로 남아 있는 생도 매양 오늘 같기를 기도한다.

풍요가 넘쳐나는 여주에는 도자기가 있고 유유자적 멈출 줄 모르고 흐르는 남한강이 있다. 그리고 신륵사가 있어 언제든 다시 오고 싶은 곳이라고, 내 마음에 저장한다.

향적봉 가는 길

더위와 녹음이 짙어가는 초여름, 덕유산에 간다. 산도 주변 숲도 싱그러움으로 가득하다. 푸르러 가는 향적봉은 흐린 날씨 탓인지 안개구름 속에 숨어 고개만 빠끔히 내민다.

두 해 전 겨울에도 그 산에 갔었다. 몹시 추웠고 눈은 겁나도록 많이 내렸다. 곤돌라 운행이 정지돼서 정상에 갈 엄두도 내지 못했다. 그칠 줄 모르고 내리는 눈이 덕유산과 대지를 하얗게 덮었다. 혹독한 추위로 온몸이 꽁꽁 얼어붙고, 몰아치는 찬바람이 가슴속까지 파고들었다. 그 기억 때문에 여름 덕유산에 오고 싶었나 보다.

스키를 즐기러 온 사람들로 넘쳐나던 그 겨울과는 달리 여름의 설천하우스는 인적이 끊긴 채 썰렁하다. 차가 빽빽이 들어찼던 주차장도 텅텅 비었다. 차 한 대 없는 넓은 주차장이 유월 장맛비에 젖고 있다. 고요한 적막이 낯설다.

10시에 운행을 시작한 곤돌라는 우리 일행을 태우고 정상을 향해 출발했다. 까마득히 올려다보이는 산봉우리까지 단시간에 힘들이지 않고 오를 수 있다는 것이 얼마나 다행인가. 우리가 타고 있는 곤돌라 뒤를 따라 다른 곤돌라가 대장을 따르는 졸병처럼 줄줄이 따라온다. 그 행렬을 재미난 구경처럼 바라본다. 길라잡이라도 된 듯 즐겁다. 푸른 숲이 우거진 계곡 위를 지나고 스키장 위를 나른다. 발밑으로 보이는 스키장엔 우거진 잡초들이 주인 행세를 하고 있다.

곤돌라를 타고 도착한 산 위에는 설천봉 레스토랑이, 정상으로 오르는 길목에는 우뚝 솟은 팔각정 상제루가 길손을 맞는다. 우직하게 자리를 지키며 오가는 사람들의 쉼터가 되고 있다. 비바람에 퇴색한 상제루는 검은 흔적으로 살아온 나이를 대변하는 것 같다.

살아서 천년을 살고 죽어서도 천년을 산다는 주목 몇 그루가 회색으로 탈색한 채 마당가에 서 있다. 푸른빛을 잃어버린 주목을 보고 있으니 흐린 겨울날처럼 오싹 한기가 느껴진다. 생명을 잃고 난 후부터 얼마의 시간을 버티고 서 있었던 것일까? 앙상한 가지가, 살점이 다 뜯겨 나간 동물의 뼈처럼 날카롭다. 그 모습이 처연하면서도 아름답다. 역사를 거꾸로 거슬러 가면 천 년 전에도 이 산을 다녀간 사람들과 마주했을 저 주목의 추억 속에는 어떤 인물들이 저장되어 있을까? 여름 속에서 겨울을 느끼게 한 주목을 뒤로하고 상제루를 지나 향적봉 가는 길목으로 접어든다.

향적봉으로 가는 나무계단은 두꺼운 천이 푹신하게 덮여 있어 힘들이지 않고 오를 수 있다. 길섶엔 눈에 익숙한 산나물이 그득하다. 이름은 모르지만, 나물하러 가는 언니 뒤를 따라다니며 보았던 나물이다. 어릴 적 보았던 나물을 보니 엄마와 언니가 생각난다. 언니가 나물을 뜯어 오면 엄마는 멍석에 그것들을 펼쳐 놓고 용도에 맞게 나누어 보관하셨다. 그 시절로 돌아갈 수 있다면, 그곳에 엄마가 계실까? 그리운 마음에 나물이 가득한 숲속으로 뛰어들고 싶다.

향적봉 가는 길은 인심이 후하다. 눈길이 닿는 곳마다 갖가지 꽃들이 만개했다. 산목련도 피었다. 푸른 잎새 뒤에 숨어 핀 목련은 더 희고 곱다. 꽃부터 피는 목련과 달리 산목련은 잎새와 어우러져 흰 꽃을 피운다. 그래서 더 청초하다.

산을 오르는 내내 힘들다고 생각할 겨를이 없다. 숲속으로 구불구불 이어지는 계단이 안개와 어우러져 예술품처럼 아름답다. 잘 살아온 사람의 인생길 같다.

바위 위에 오뚝하게 자리 잡은, 멋있는 소나무 앞에 멈춰 서서 추억을 저장한다. 하산하던 청년에게 단체 사진 촬영을 부탁하자 선뜻 웃으면서 핸드폰을 받아 든다.

"참 보기 좋으세요."

높은 산을 오르는 노년이 청년의 눈에 대견스러운 모양이다.

"산행 잘하세요."

청년은 예의 바른, 짧은 인사를 남기고 돌아선다. 그 뒷모습이 아들같이 듬직하다.

푸근한 숲을 지나 도착한 정상엔 넓은 평원이 펼쳐져 있다. 울퉁불퉁 바위로 이루어진 향적봉은 최고봉답게 장쾌하다. 표석 앞으로 다가가니 들어가지 말라고 안내문이 앞을 가로막는다. 코로나 19가 산꼭대기까지 점령하고 있다. 오랜 시간 뜸 들이며 떠나지 않는 코로나, 상쾌해진 기분이 다시 도시의 답답함으로 되돌아가려 한다.

향적봉 마루엔 잔돌로 쌓아 올린 커다란 돌탑이 있다. 이 높은 곳에 저 많은 돌을 구해 탑을 쌓은 이는 누굴까? 탑을 쌓으며 소망했던 것들은 이루었을까? 누군가의 정성이 깃든 탑 앞에 앉아 정상에서의 인증사진으로 오늘 여행을 저장한다.

나름으로 열심히 살아왔으니 향적봉 하늘처럼 나머지 삶도 늘 푸르기를……

구절리의 여름

　점심시간이 지날 즈음, 목적지인 구절리 여치 펜션에 도착했다. 지난해에 이어 두 번째 방문이다. 반갑게 맞아 준 펜션 주인의 안내로 어렵지 않게 여장을 풀었다. 준비해 간 수제비로 간단하게 점심 요기를 하면서 성향이 각기 다른 다섯 친구와의 여행이 시작되었다.

　오락가락하는 장맛비가 한 달 넘게 계속되는 사이 구절리 마을의 여름도 깊었다. 불어난 개천 물이 곤곤히 강물처럼 흐르고, 산색은 짙푸르게 농익었다. 산허리를 휘감은 안개구름 속에서는 산봉우리들이 빠끔히 머리를 내미는데, 산이 허공에 떠 있는 것도 같고 겸재 정선이 그린 산수화를 사방으로 펼쳐 놓은 것처럼 신비롭기도 했다.
　구절리는 강원도 정선군 여량면에 있다. 구절리역은 정선선의 마지막 철도역으로, 탄광 영업이 중지된 후로는 여객열차 운행은 하지 않는다. 대신 아우라지역까지 레일바이크를 운행한다.

우리는 먼저 레일바이크를 타기 위해 구절리역으로 갔다. 역 주변에도 운무가 자욱했다. 여름휴가를 즐기는 사람들이 군데군데 모여 사진을 찍는데, 가족과 아이들의 웃음이 해맑았다. 사람들의 표정도 마냥 행복하고 즐거워 보였다. 우리는 그 행복 속으로 자연스럽게 스며들었다.

구절리는 높고 낮은 산들이 병풍처럼 에워싼 산간 마을이다. 곤충 테마 마을이기도 해서 마을 곳곳에 여치 모형이 있다. 노란색과 하늘색, 분홍 모자를 쓴 여치는 제각각 다른 자세로 춤을 춘다. 연두색 귀여운 여치 곁에 서서 우리들도 같은 포즈로 인증사진을 찍었다. 그리고 커다란 여치 모형 카페 앞에 앉아 구절리의 오염되지 않은 공기와 옥수수를 먹었다. 오염되지 않은 맑은 공기는 무한리필이다.

구절리역에서 아우라지역까지 가는 레일바이크를 타고 힘차게 페달을 밟는다. 코로나 19로 짓눌러진 스트레스가 바람결에 날아간다. 레일을 따라 펼쳐지는 산촌의 풍경이 정겹고 푸근하다. 굽이치는 강물은 용감한 군사들의 행군인 양 씩씩하게 흘러간다. 빠르게, 천천히 달리기를 반복하면서 레일바이크는 산모퉁이를 돌아 터널을 통과하고 넓은 벌판을 지난다. 붉게 익어 가는 고추밭 위로 산골 마을의 여름이 저물어 간다.

구절리 깊은 산골엔 먹을거리가 흔치 않다. 챙겨 온 재료로 저녁을 짓는다. 펜션 주인이 숯불을 피워 준 덕에 첫날 저녁 식사는 삼겹살 파티다. 저녁 무렵 다시 내리기 시작한 비가 널따란 호박잎 위에 떨어진다. 빗방울 소리가 감미롭다. 바람에 날려 얼굴에 부딪히는 비의 촉감이 시원하다.

조용한 산마을에 우리들의 경쾌한 웃음이 번지고 산으로부터 내려온 어둠이 마을을 감싸 안는다. 등 뒤를 지키고 선 어둠이 우리 이야기 속으로 들어오고 구절리의 밤은 그렇게 깊어간다. 여행을 준비하며 쌓였던 크고 작은 피로들이 사그라진다. 떠나온 것만으로도 충분히 위로되는 밤이다.

둘째 날은 구름마저 걷히고 해님이 얼굴을 내밀었다. 장마 중의 여행이 불편하지 않을까 염려했던 게 무색하다. 마을 안 길을 산책하고, 그림 같은 산골 집 구경도 한다. 텃밭에 쪼그리고 앉아 풀을 뽑는 할머니, 빨갛게 익은 고추를 따는 중년 부부도 만났다. 정성 들여 가꾼 농작물들은 건강한 청년의 모습처럼 생기로 충만하고 검푸르다. 무심결에 엿본 산마을의 삶은 여유 있고 풍요롭다. 집집마다 마당에 고급 자동차가 주차되어 있다.

계곡에서는 오장폭포가 엄청난 양의 물을 거칠게 쏟아낸다. 숨 가쁘게 뛰어내린 물은 순식간에 계곡물과 하나가 되어 흐른다. 가슴 뻥 뚫리게 장엄한 물줄기를 바라보고 있으니 내가 점점 작아지고 물속으로 빨려 들어갈 것만 같다. 물살은 울퉁불퉁 바위에 부딪히며 장대하게 흘러간다.

점심으로 강원도 특산물인 곤드레나물밥을 먹고 이 지역 명승지 모정의 탑으로 간다. 산 입구부터 크고 작은 탑들이 즐비하다. 오솔길을 따라 산 중턱에 이르기까지 촘촘히 들어찬 탑들이 무려 삼천 개라고 한다. 크기나 모양이 다 제각각이다. 심지어 돌담처럼 쌓은 기다란 탑도 있다. 만화 속에나 존재할 법한 풍경이다. 산속에 흔한 게 돌이라지만 이 많은 돌을 어떻게 운반했을까. 견고한 탑을 보고 있으니 그 무게가 마음으로 전해진다.

모정의 탑은 노추산 자락에 있다. 차순옥 할머니가 26년간 홀로 이 탑을 쌓았다고 한다. 그녀는 스물네 살 되던 해 강릉으로 시집와 4남매를 낳고 기르다 먼저 아들 둘을 잃고 그 뒤 남편까지 잃는다. 절망하던 어느 날, 꿈에 산신령이 나타나 3천 개의 돌탑을 쌓으면 집안의 우환이 없어진다는 예언을 한다. 그녀는 1986년부터 26년을 쉬지 않고 돌을 쌓아 3천 개의 돌탑을 완성했고, 2011년 8월 29일 68세를 일기로 세상을 떠났다.

자식을 위해 오직 탑 쌓는 일에만 전념했을 26년이란 세월은 그녀에게 어떤 의미였을까. 탑을 쌓아 올리며 흘린 그 땀의 가치를 생각해 본다. 지극한 정성과 노동력의 원천이 자식이었다면 여자는 약해도 어머니는 강하다는 말이 정말 맞는구나 싶다. 그 숭고한 희생이 눈물겹다.

나는 자식들을 위해 어떤 노력을 했을까, 엄마로서의 여정을 돌아본다. 아들, 딸 대학 진학을 위해 불전에 기도하는 것도 엄마가 해야 할 일 중의 하나라고 여겼다. 매일 새벽 4시에 일어나 간절한 마음을 모아서 경을 낭송하고 108배를 하며 진심으로 합격을 기원했다. 낮으로는 사찰을 찾아 기도했다. 그렇게 보낸 1, 2년도 힘들었는데, 26년 세월을 자식을 위해 탑을 쌓은 엄마라니, 절로 고개가 숙여진다.

경이롭고 신비한 기운이 넘치는 모정의 탑과 노추산 자락을 뒤로하고 내려오는데 해님이 구름 위로 고개를 내민다. 비 갠 구절리의 산들은 오늘, 구름 이불을 휘감고 다정한 부부처럼 달콤한 휴식에 빠져 있다.

한라산 등반기

가을로 접어드는 구월, 우리는 제주로 갔다. 한라산 등반을 위해서 여름부터 차근차근 준비해 온 여행이다. 일주일 2, 4번 근교 삼성산을 오르며 체력을 단련하고 저녁으로 고수부지를 걸었다. 우리나라에서 가장 높은 한라산에 오르기 위해 기능성 등산복도 준비했다.

간단한 점심 도시락과 간식, 물을 넣은 배낭을 메고 도착한 성판악휴게소, 그곳에서부터 산행이 시작된다. 산 입구엔 한라산을 오르기 위해 모여든 사람들로 북새통이다. 울긋불긋한 옷차림이 산길을 수놓는다. 때 이른 단풍 같다. 더위가 한풀 꺾인 줄 알았는데 제주는 아직 폭염 속 그대로다. 곱게 단장한 얼굴은 출발 전부터 땀범벅이 된다.

북적이는 사람들 틈에 끼어 부대끼면서 산길을 오른다. 인솔자의 설명으로는 진달래밭 대피소까지 열한 시에 도착해야만 정상까지 갈 수 있다고 한다. 숲속을 구경할 겨를도 없이 부지런히 서두른다. 숲속 길은 계단과 울퉁불퉁 돌들이 박혀 있어 오르기가 생각만큼 쉽지 않다. 그러는 사이 친구들로부터 조금씩 뒤처지고 땀은 비 오듯 흐른다. 정상에 빨리 오르고 싶어 마음이 급한 일행은 나를 기다려주지 않는다. 친구들은 나보다 체력단련을 더 많이 했나 보다. 서운한 나머지 오기가 치밀지만, 몸은 마음을 따라 주지 않는다.

진달래밭 대피소에 11시 전에 도착했다. 그곳에서 일행과 합류하여 간식을 먹고, 다시 정상을 향해 출발한다. 지금부터는 일행이 뭉쳐서 같이 가자 부탁을 하고, 친구들 모두 그러마 하지만 그 약속은 지켜지지 않았다. 급하게 서두르지 않아도 되는데 첫 산행이라 친구들은 마음이 급한 모양이다. 조금씩 앞서가던 친구들의 뒷모습은 어느새 사라지고 흔적도 보이지 않는다. 또다시 혼자가 된 나는 모르는 사람들 사이에 끼어 오히려 여유를 찾는다.

울퉁불퉁한 바위와 돌이 지나온 길보다 더 많다. 정상으로 가는 길은 걷기가 더 힘들어진다. 높은 곳으로 오를수록 숲은 더 그윽하고 신비롭다. 처음 보는 수목이 많다. 식물 구경하랴 친구들 따라가랴 몸과 마음이 분주하다. 산길이 가파라질수록 앞서간 친구들이 마냥 부럽다.

힘겹게 돌길을 오르고 올라 정상 입구에 다다르니 거센 바람이 기다리고 있다. 땀범벅이 된 몸에 찬 바람이 몰아치니 걷기가 더 힘들다.

계단으로 이어지는 마지막 구간은 경사가 가파르다. 정상이 눈앞에 빤히 보이는데도 올라갈 일이 막막하기만 하다. 난간을 붙잡고 쩔쩔매는데 앞서가던 한 청년이 다가와 손수건을 내민다. 손수건 끝을 손에 감고 꼭 잡으란다. 무슨 영문인지도 모르고 시키는 대로 수건을 손에 감아쥔다. 청년이 앞에서 수건 끝을 잡아당기고 나는 그 힘에 끌려 올라간다. 다리가 마음처럼 쉽게 움직이질 않아서 따라가기가 힘겹다. 미안해하는 내게 청년은 "괜찮아요. 천천히 따라오세요." 하면서 내 속도에 맞추어 계속 끌어 준다.

그 청년의 도움으로 어렵사리 한라산 1950m 정상 백록담에 도착한다. 힘들게 나를 끌어 준 청년에게 "고맙습니다." 라는 인사말 한마디를 간신히 건넨다. 베풀어 준 친절이 고마우면서도 왠지 부끄러웠고 거친 숨을 고르느라 제대로 인사를 챙기지 못했다. 내내 미안하고 아쉽다.

처음 보는 백록담은 연두색 물을 담고 있다. 평상시 백록담엔 물이 없다고 하는데 우리가 갔던 2002년에는 여름 태풍 루사로 연못 표면이 뚫려 물이 차오른 것이라고 한다.

안개구름이 바람을 따라 연못 위로 모였다 흩어진다. 백록담을 에워싼 아름다운 풍광과 기묘하게 생긴 바위들 사이를 넘나드는 구름의 모습이 한 폭의 풍경화다. 그 아름다운 풍경은 그날 백록담을 올라왔던 모든 이의 가슴에 오랫동안 비경으로 간직될 것 같다. 그 멋진 풍경 앞에 말을 잃고 그저 감탄사만 연신 쏟아낸다.

우리는 한라산 정상에 오른 것을 자축하며 희열에 찬 건배를 했다.

그 후 몇 번 더 한라산을 올랐지만, 백록담에 물은 다시 보지 못했다. 낯익어서일까 두 번째, 세 번째 산행은 첫 산행만큼 힘들지 않았다. 백록담은 안갯속에 모습을 숨기기도 하고 바람에 쫓겨 흩어졌다 다시 몰려오는 운무와 숨바꼭질을 하며 여전히 멋짐을 뽐내고 있다.

세 번째이자 마지막 산행을 했던 날엔 아침부터 비가 왔다. 그런 날은 아무것도 못 보고 허무하게 되돌아설 수밖에 없다. 오히려 백록담 구름은 하산하는 우리 뒤를 따라와 작별의 선물로 후하게 많은 비를 뿌려주었다. 한라산 빗물로 샤워하며 하산한 그날, 주차장에서 일곱 빛깔 무지개가 우리를 반겨 주었다. 산행의 피로가 풀리고 뭔가 행운이 다가올 것 같아 기분이 좋았다.

한라산에 다시 오를 수 없는 나이가 되고 보니 그날들, 함께했던 친구들, 모두 그리운 추억이다. 특히 한라산 첫 산행에서 보았던 백록담 연두색 물과 맑은 하늘에 예뻤던 구름, 그 멋진 풍경은 평생을 두고 잊을 수 없는 기억이 될 것이다.

험한 산길에 손 내밀어 나를 도와줬던 고마운 그 청년은 지금도 어디에선가 누군가에게 선행을 베풀며 잘 살아가고 있겠지.

요즘 자주 만나지 못하는, 산행을 같이 했던 그 친구들도 나처럼 한라산 첫 등반을 그리워할까.

부산 기행

　빠르게 흘러가는 시간을 늦추고 싶다면 완행열차를 타면 된다. 우리는 그 열차에 몸을 싣고 깊어가는 겨울의 부산 속으로 들어갔고, 사람들로 북적거리는 역을 빠져나왔다. 여행자의 눈에 비친 부산은 대도시답게 생동감이 넘쳤다.

　우리는 택시를 타고 '영도 흰여울 문화마을' 입구에서 내린다. 멀리 보이는 항구엔 크고 작은 배들이 정박해 있고, 푸른 바다는 한낮의 태양을 받아 눈부시다. 차가운 바닷바람에 가슴이 뻥 뚫린다. 앞바다에는 배들이 점점이 떠 있고, 하늘은 구름 한 점 없이 파랗다. 북유럽 여행에서 본, 여왕의 배가 정박해 있던 덴마크 바다가 생각났다.
　흰여울 문화마을은 봉래산 기슭에 자리잡고 있다. 6·25전쟁 피난민이 모여 살던 곳인데 2011년부터 낡은 가옥을 리모델링하면서 문화예술마을로 변화했다고 한다.

마을 아랫쪽에는 절영해안산책로가 있고, 마을 쪽으로는 흰여울길이 있다. 해안산책로에서 올려다 보니 마을을 떠받친 축대가 마치 성곽같은데 마을길 담장도 하얗고, 집도 주변의 건물들도 모두 하얗다.

우리는 흰여울길로 올라가 마을 안길을 오르락내리락 걷는다. 이름만큼 예쁜 꼬막계단을 오르고 카페 거리도 지나고⋯⋯. 맨 머리 계단을 오를 때쯤엔 짊어진 가방의 무게로 인해 어깨와 등에 땀이 배어났다. 걸으면서 흘리는 땀의 가치를 생각한다. 오늘 흘린 땀이 내일의 행복과 비례할 거라고.

송도로 가기 위해서 시내버스를 탄다. 해가 지기 시작할 무렵 케이블카 공원에 도착, 해상케이블카를 탄다. 송도 해상케이블카는 송도해수욕장 동쪽에 있는 송림공원에서 서쪽 암남 공원을 이어주는 케이블카다.

전망대에 도착하니 어느새 어둠이 밀려온다. 겨울 해는 너무 짧고, 낯선 곳의 어둠은 불안하다. 겨우 인증사진 두어 컷을 남기고, 커피 한 잔도 마실 새 없이 바로 되짚어 케이블카에 오른다. 마주 오는 케이블카의 불빛이 허공에서 별처럼 반짝거린다. 바닷가 하늘이 온통 화려한 불빛이다.

불빛 가득한 허공을 머리에 이고 어둠에 휩싸인 바닷가 모래사장을 걷는다. 밤바다의 아름다움은 나이를 잊게 한다. 나는 철없이 행복해진 순간을 폰 카메라에 저장한다. 카메라 플래시가 반짝 빛을 밝히더니 순간 어둠 속으로 사라진다.

두 번째 날 찾아간 곳은 복천동 고분군이다. 동래 산성 입구에 있는 복천동 고분군은 가야의 유적지다. 이곳에서 가야의 무덤이 발굴됐고, 사적 제273호로 지정되었다.

다양한 분야의 전문가들이 국내외를 여행하며 다양한 관점으로 이야기를 펼치는 TV 프로그램 '알아두면 쓸데없는 신비한 잡학사전'에서 고분군을 알게 되었다. 그 후부터 꼭 한번 가보고 싶었던 곳이다.

우선 복천박물관에 들어가 유적지에서 발굴된 유물을 둘러본다. 갑옷, 무기, 장신구, 농기구 등의 유물을 보면서 옛사람들의 지혜와 뛰어난 솜씨에 감탄한다. 철기문화가 발달한 가야국은 중국과 일본 등에 철을 수출하는 부강한 나라였다. 고분에서 발굴된 철제 갑옷은 우리나라 철기문화가 일본보다 앞섰음을 증명하는 자료라고 한다.

가야국의 건국신화 속에는 김수로왕과 허황옥이 있다. 허황옥은 인도 아유타국 공주다. 그녀는 하늘의 계시를 받고 인도에서부터 가야까지의 먼바다를 건너 사랑을 찾아왔다. 김수로왕과 결혼하여 가야국 왕비로 백오십 년이 넘는 생을 살았다. 어찌 보면 현대 여성보다 더 용감했던 그녀의 삶을 조명하면서 용기 없어 놓쳐 버린 것들을 돌이켜 본다.

박물관을 살펴보고 고분군으로 간다. 고분군이 자리한 구릉에는 유리돔을 설치해서 누구나 내부를 볼 수 있게 했고, 고분 안에는 발굴 당시의 무덤 모습과 부장품을 고스란히 재현해 놓았다.

고분이 내려다보이는 난간 앞에 서서 미지의 세계를 들여다본다. 고분의 내부는 진흙으로 다져져 매우 단단해 보인다. 지배자로 추정되는 사람의 뼈와 토기들이 먼저 눈길을 끈다. 지배자의 공간 옆에 순장자의 공간이 있다. 그곳에 녹아서 얇아진 얼음처럼 투명하고 앙상한 뼛조각이 놓여 있다.

왕이나 지배자가 죽으면 측근에서 모시던 젊은 여인과 하인이 순장자로 지목된다. 장례를 준비하고 묘를 조성하는 기간 동안 도망가지 못하게 지키다가 장례를 치를 때 죽여서 함께 매장한다. 경북 고령의 44호분에서는 무려 36명이나 되는 순장자를 발굴하였다고 한다. 형식과 규모, 순장자의 수로 보아 왕의 무덤으로 추정하는데, 발견된 것 중에는 가장 많은 사람이 제물로 희생된 곳이다.

주인에 대한 충심이 얼마나 깊으면 같이 따라 죽을 수 있을까? 법에 따라 어쩔 수 없이 묻혀야만 했다면 그들은 얼마나 무섭고 억울했을까?

유리돔 밖에도 여기저기 고분이 산재해 있다. 고분마다 순장자의 공간이 따로 있다. 가야국 492년 동안 희생된 생목숨은 얼마나 될까? 찬란한 문화를 꽃피운 나라에서 왜 생명은 중시하지 않았는지 의문이다. 시절을 잘못 골라 태어난 탓에 억울하게 죽어야만 했던, 짐작으로도 헤아릴 수 없는 그 시절 사람들을 생각하니 마음이 숙연해진다.

쓸쓸한 마음을 다독이며 감천마을로 간다. 거리가 낯설지 않다. 언제가 와 본 것처럼 익숙하다. 7, 80년대 유행했던 간판과 길거리 음식들이 눈길을 끈다.

감천마을도 흰여울마을과 마찬가지로 6.25 전쟁 피난민들이 만든 마을인데 근래에 '공공미술 프로젝트' 사업으로 새롭게 바뀌었다. 마을 전체가 미술관이고 길거리와 골목은 커다란 캔버스다. 언덕 위에서 내려다보니 동화 속 마을처럼 아기자기하다. 상점에 진열된 소품은 저렴한 값으로 살 수 있다. 그 재미도 쏠쏠하다.

바다가 보이는 전망 좋은 카페에서 커피를 마신다. 젊은 연인들 사이에 섞여 앉아 여행자의 여유를 만끽하며 우린 행복한 거라고 스스로 세뇌를 시킨다.

부산역 근처 초량 이바구길도 걸었다. 골목을 들어서면 벽화와 담장갤러리가 나온다. 부산의 어제와 오늘을 기록한 사진이 전시되어 있다. 여행자들을 위한 친절한 안내서 같다.

알록달록한 계단길 아래에서는 가위바위보를 하는 소년, 소녀 동상을 만났다. 잠시 소녀가 되어서 그들 사이에 손을 내민다. 어린 시절로의 소환은 여행이 주는 또 하나의 행복이다.

연예인, 정치인, 독립유공자, 봉사하고 헌신한 사람을 소개한 인물사 담장길을 지나 조금 걷다보니 높고 가파른 계단이 나타난다. 계단참에 168계단이라고 적힌 팻말이 붙어 있다. 현기증이 난다. 어떻게 올라가야 할지 막막해하며 서 있는데 지나가던 주민이 모노레일을 타고 가라고 알려 준다. 무료로 운행되는 모노레일을 타고 높은 언덕으로 올라간다. 어려운 숙제를 끝마친 듯 마음이 홀가분하다. 여행지에서 만난 현대 문명의 이기에 감탄하는데 차가운 골목 바람이 달려와 품에 안긴다.

언덕 윗길을 걸으며 방금 지나온 동네를 내려다본다. 사람들 살아가는 모습은 크게 다르지 않겠지만 이곳 사람들의 살아가는 이야기가 궁금하다.

이정표를 따라 이바구길의 마지막 장소, 유치환 우체통에 도착한다. 청마 유치환의 시 「유편국에서」 모티브를 따왔다는 느린 우체통이다. 이곳에 편지를 넣으면 일 년 뒤에 배달된다고 한다. 우체통 옆에는 청마 유치환 시인이 시집을 들고 서 있다. 뜻밖의 선물을 받은 것처럼 기쁘다. 절친한 사람을 만난 것처럼 반갑고 유쾌하다.

사랑하는 것은 사랑을 받느니 보다 행복하나니라
오늘도 나는 에메랄드빛 하늘이 환히 내다 뵈는
우체국 창문 앞에 와서 너에게 편지를 쓴다.

유치환 시인의 「행복」이다. 나도 이 시를 낭송하며 마음 설레
던 때가 있었는데…….
필통을 가져가지 않아서 편지는 쓰지 못했다.
나는 일 년 뒤의 나에게 무슨 말을 남기고 싶었을까?

내가 본 부산, 부산은 지금 새로운 감성으로 이 마을 저 마을
에서 새로운 모습으로 또 다른 역사의 페이지를 만들어 가고 있
다.

가우도

안양을 경유하는 7시 58분 목포행 완행열차를 탔다. 5시간 만에 목포에 도착, 시외버스로 강진 터미널까지 갔다. 거기서 택시를 타고 가우도에 도착했을 때는 짧은 겨울 해가 중천에서 서쪽으로 기울어지고 있었다. 눈앞에는 푸른 바다가 펼쳐지고 한겨울 찾아온 손님을 환영하듯 윤슬이 눈부시게 반짝였다.

가우도로 들어가는 청자다리에는 패트병으로 만든 대형 물고기가 눈길을 끈다. 강진만 주변의 바다 쓰레기와 생활 쓰레기들을 모아 만들었다고 한다. 자연을 보호하자는 메시지가 담겨 있는 듯하다. 다리 위에 우뚝 치솟은 소뿔 모양의 조형물도 이국적이다. 고즈넉한 시골에 놀러 와 한껏 멋을 부리며 뽐내는 도시 사람처럼, 혼자만 화려하다.

강진은, 위에서 내려다보면 마치 소牛가 누워 있는 것처럼 보인다고 한다. 그래선지 소와 연관된 마을 이름이 많다. '가우도駕

牛島' 도 그중 하나다. 소의 멍에 같다 하여 붙여진 이름이다.

강진만은 좁고 긴 강처럼 해안 깊숙이까지 뻗어 있는데, 가우도는 그 한 가운데 있다. 강진만 8개의 섬 가운데 유일하게 사람이 사는 섬이다.

섬을 중심으로 동쪽과 서쪽을 연결하는 출렁다리가 설치되어 있다. 도암면을 잇는 청자다리, 대구면을 잇는 다산다리, 둘 중 하나를 건너면 섬에 도착한다.

청자다리를 건너 가우도로 들어갔다.

가우도 정상에는 청자타워가 우뚝 서 있다. 2만 3천여 개의 청자 타일을 붙여서 만들었다는 그곳, 전망대에서는 아름다운 강진만을 한눈에 볼 수도 있고 짚트랙을 타면 해안까지 1분만에 갈 수 있다고 한다. 아쉽게도 내가 갔을 때는 공사 중이었다.

해안선을 따라 생태탐방로 2.5km를 조성했는데, '함께 해海길'이라 부른다. 산과 바다를 동시에 느낄 수 있는 매력적인 산책 코스다.

상록수와 침엽수들이 함께 어우러진 겨울 풍경은 가식을 벗어버린 듯 담백하다. 빈 나뭇가지 사이로 보이는 고즈넉한 바다는 먼 기억 속의 그리움처럼 푸르다.

완만한 고갯길을 하나 넘으니 건너편 산으로 연결된 출렁다리가 있다. 푸른 바다 위에 떠 있는 다리, 바닷물이 내려다보이는 유리 다리에 조심스럽게 발을 올려놓는다. 그런데 출렁다리란 이름이 무색하게 아무런 흔들림이 없다. 긴장감이 사라지니 밍밍한 게 재미가 없다. 스릴에 대한 기대는 허망하리만큼 간단히 끝나 버렸다.

'함께 해海길'을 따라 걷다 보면 후박나무 군락지를 만난다. 둥글고 도톰한 잎이 눈에 익숙해 보이는 후박나무는 나무껍질이 비늘처럼 떨어지는 특징이 있는데, 후박피厚朴皮라 하며 천식과 위장병에 약재로 쓰인다. 이파리에는 독성이 있어서 모기나 벌레도 모여들지 않는다. 50여 년 전만해도 섬 전체에 후박나무가 자생했으나 지금은 다 잘려 나가고 이곳 군락지에만 100여 본이 자라고 있다. 섬의 다른 곳에 자생하는 것들은 모두 어린 나무뿐이다.

군락지 안에는 마을의 안녕과 풍어를 비는 당집, 서낭당이 있다. 매년 정월 보름에 제를 모셨는데 한국전쟁 이후 중단되고 그 터만 남았다. 수리취떡을 만들어 조상님에게 올리던 단옷날 풍습도 사라졌다. 옛사람들은 나이가 들고 젊은이는 도시로 떠났다. 무형의 유산은 전설이 되어 버렸다.

'함께 해海길'에는 전설의 두꺼비 바위도 있다.

옛날 효심 깊은 청년이 병든 홀아버지를 모시고 살았다. 어느 날, 청년은 동네 아이들이 두꺼비를 괴롭히는 것을 보고 불쌍히 여겨 구해 주었다. 그 두꺼비는 청년을 사모하였고, 사람으로 태어나게 해달라 용왕님께 빌며 바다에 몸을 던졌다. 그러자 두꺼비는 바위로 변하고 바위 뒤에서 여자가 떠올랐다. 여자와 청년은 결혼하여 홀아버지를 공경하며 잘 살았다. 그 후 그 두꺼비 바위는 사랑을 이루는 바위가 되었다. 바위를 보면서 사랑하는 이를 떠올리면 사랑이 이루어진다고 한다.

표지판에 적힌 전설을 읽고 나니 마주 보고 서 있는 연인의 조형물이 아련하다.

청자다리와 다산다리 중간쯤에 영랑 시인의 쉼터가 있다. 그분도 이곳의 아름다움을 사랑하였나 보다. 영랑 시인의 동상과 마주 서서 오랜만에 만난 친구처럼 반갑게 인사한다. 시인 옆에 앉아 그의 시를 읊어 본다. 때마침 태양이 마지막 혼을 불사르듯 강렬한 빛을 뿜어 댄다. 노을이 물든 주홍빛 하늘에 검은 구름이 생동감 넘치는 그림을 그린다. 이 세상 어디에서도 볼 수 없는 멋진 그림이다. 학이 모여들어 산, 구름, 소나무와 노을이 어우러져 한 폭의 산수화 같았다던 오래 전의 가우도를 떠올린다. 해변의 솔잎 사이로 새어드는 석양빛이 표현할 수 없을 만큼 경이롭다. 노을에 취하여 어둠이 밀려오는 바닷가를 떠날 수가 없다.

다홍빛 노을이 서서히 바다에 잠긴다. 가우도가 조용한 어둠에 묻혀간다. 가우도는 노을이 가장 아름다운, 다시 가고 싶은 섬이다.

북유럽은 나에게

여러 해를 두고 벼러 오다 드디어 북유럽 여행길에 올랐다.

떠나기 한 달 전부터 여행 가방을 꾸렸다. 날씨에 맞춰 갈아 입을 얇은 옷과 두꺼운 점퍼, 여벌 옷, 밑반찬, 간식 등을 챙기는 동안 벌써 여행은 시작되고 있었다. 머릿속은 낯선 세계에 대한 호기심과 설렘으로 가득 찼다.

인천공항을 출발한 러시아 여객기는 모스크바 공항을 경유, 열네 시간 만에 우리를 코펜하겐에 내려놓았다. 코펜하겐은 덴마크의 수도이자 안데르센이 동화작가로 출발한 곳이다.

코펜하겐 중심에 있는 랑엘리니Langelinie에 인어공주 동상을 보러 갔다. 공주는 바위 위에 앉아 항구를 망연히 지켜보고 있었다. 가까이 가지 못하고 멀리서 왕자를 훔쳐보았다는, 동화의 한 구절이 떠올랐지만 별 느낌은 없었다. 왜소하고 아름답지 않아서였을까? 볼품없는 모습이 사실은, 조금 실망스러웠다. 하지만 안데르센의 나라에, 그것도 동화의 배경인 코펜하겐 바닷가를 거닐면서 느끼는 감동과 희열은 말로 다 설명하기 어렵다. 안데르센 동화는 어린 시절 나의 친구였고, 꿈이었다. 읽으면서 울고 웃었고, 인어공주와 왕자의 동화 속 사랑을 동경하였다.

안데르센 동상 곁에 어깨를 맞대고 서니 그와 친구라도 된 듯이 마음이 뿌듯해진다.

코펜하겐에서 노르웨이 오슬로까지는 배로 이동했다. 저녁 무렵 출발한 배는 비대한 제 몸집이 힘겨운지 밤새 덜커덩거리고, 엔진은 거친 소음을 뿜어댔다. 어수선한 분위기 때문에 잠깐 잠들었다가 다시 깼다.

잠이 올 것 같지 않아서 동행한 친구와 새벽을 맞이하러 선상으로 나갔다. 때맞추어 붉은 태양이 바다를 뚫고 솟아올랐다. 안개도 끼지 않고, 하늘엔 구름 한 점 없다. 이렇게 깔끔하게 떠오르는 해는 처음이다. 가슴이 벅찼다. 가득 차오르는 그 커다란 부피의 희열을 누군가와 나누고 싶었지만, 가족 외엔 딱히 떠오르는 얼굴이 없다. 넉넉하게 뿌려놓지 못한 인연의 빈곤 탓에 같이 즐길 사람이 없다는 생각이 나를 외롭게 했다.

갈라 호텔은 노르웨이 고원지대에 자리하고 있다. 게이랑에르피오르Geirangerfjord로 가기 위해 아침 일찍 호텔을 나섰다. 출발

할 때 날씨가 흐렸다. 눈 덮인 산 정상에서 운무가 휘감아 내려왔다. 사진을 찍는데 카메라의 차가운 촉감 때문에 손끝이 시렸다. 수묵색의 산야도 어딘지 쓸쓸해 보였다.

트롤스티겐 로드로 이어지는 길을 곡예하듯 휘청거리며 달리던 버스가 산굽이를 돌자 갑자기 눈앞이 환하게 밝아졌다. 꼬불꼬불하고 시커먼 산길이 사라지고 그곳에는 뜻밖에 고운 연초록 봄이 우리를 기다리고 있었다. 산 하나를 사이에 두고 겨울과 봄이 공존하는 걸 보니 놀랍고 신비로웠다.

달스니바 전망대에서 버스를 내렸다. 언덕에서 내려다본 게이랑에르 마을은 아기자기하고 아늑했다. 봄볕을 받고 갓 돋아난 연둣빛 나뭇잎이 작고 앙증맞다. 만지면 갓난아이 손처럼 부드러울 것 같았다.

피오르 선착장에는 엄청 커다란 크루즈 선박이 산을 배경으로 정박해 있었다. 그 모습은 한 폭의 풍경화를 보는 것 같다.

피오르fjord는 노르웨이어로 '내륙으로 깊게 뻗은 만灣'을 의미한다. 빙하가 주변산지를 깎아내 U자 곡이 생겨나고 빙하가 녹고 나면 바닷물이 들어와 피오르가 형성된다. 노르웨이에는 많은 피오르 해안이 있지만, 그중에서 게이랑에르 피오르는 아름답기로 손꼽히는 곳이다. 그 일대는 2005년 유네스코 세계유산지구로 등재되었다.

다시 좁고 구불구불한 길을 한참 달려 게이랑에르 피오르 쿠

르즈 항구에 도착한 우리는 피오르를 보기 위해서 유람선에 올랐다. 거대한 절벽들이 성큼 눈앞에 다가왔다. 인간이 만들어낸 어떤 것과도 비교할 수 없이 높고, 크고 또 기기묘묘했다. 보이는 것 모두를 기억하고 싶었지만, 마음의 저장공간이 너무 좁다. 작은 하나라도 놓칠세라 뱃머리에 나아가 카메라 셔터를 마구 눌렀다.

게이랑에르에서 헬레쉴트까지 가는 동안 깎아지른 절벽과 웅장한 폭포, 높은 산에서 쏟아져 내리는 길고 풍성한 물줄기들을 보았다. 암녹색 물 위로 폭포의 물거품이 하얗게 부서졌다. 폭음을 내며 직각으로 곤두박질하듯 내리꽂히는 모습에서는 용감한 남자를, 유연한 곡선을 따라 물보라를 일으키며 흘러내리는 폭포에서는 우아한 귀부인을 떠올렸다. 평생 보아야 할 폭포를 북유럽에서 다 본 듯하다. 앞으로 더는 폭포를 볼 수 없다고 해도 아쉬움이 없을 정도였다. 그중에서도 7자매 폭포가 특히 더 굉장했다. 일곱 줄기로 쏟아지는 거대한 폭포 앞에서 나는 감탄의 말조차 잊어버리고 백치가 된 듯 바라보기만 했다.

북유럽 여행을 선택한 첫 번째 이유는 백야를 체험하고 싶어서다. 노르웨이의 야일로에서 어둠이 내리지 않은 하얀 밤을 보냈다. 호텔 창문을 열고 뜬눈으로 밤을 새웠다. 해가 지자 몇 시간 동안 희끄무레 하던 하늘에 이윽고 새벽이 다가왔다. 해가 지던 곳에서 다시 붉은 태양이 떠올랐다. 내가 보았던 그 어떤 아침 해보다 몇 곱절 더 빛나고 강렬한 빛을 뿜어냈다. 손을 쭉 내밀면 잡힐 듯 가까이 뜬 태양을 향해 두 팔을 벌려 환호했다. 가슴이 터질 것 같은 감동이었다.

백야는 지구의 자전축이 23.5도 기울어져 있기 때문에 나타나는 현상이라고 하는데, 이론으로 알고 있을 뿐 이해되지는 않는다. 해가 진 방향에서 다시 해가 뜬다는 건 여전히 신기하고, 수수께끼 같은 일이다. 그 믿을 수 없는 경험은 북유럽 여행이 내게 준 가장 큰 선물이다.

감동이 어디 그뿐이었겠는가. 만년설이 하얗게 덮인 산 아래로 흐르는 개울물. 사람들이 가까이 다가가도 달아나지 않고 유유히 풀을 뜯는 소떼는 푸른 들판과 어우러져 평화로운 그림 속 장면 같았다. 지붕 위에서 풀을 뜯고 있는 양들을 보았는데 그것도 너무 신기했다. 북유럽 산야에 있는 주택은, 난방과 냉방에 도움이 되기 때문에 지붕 위에 목초를 심어 키운다고 한다. 그 풀이 자라면 양들을 데려다 풀을 뜯게 하는 것이다. 두 계절의 공존이 주는 대조적 아름다움 역시 그랬다. 북유럽에서만 볼 수 있는 풍경은 아닐지 모르지만 처음 보는 광경이어서 모든 것이 새롭고 놀라웠다.

노르웨이에서 스웨덴까지는 버스로 이동했다. 얼음의 땅, 죽음의 대지라 불리는 툰드라 지역을 횡단하는데 가도 가도 끝이 보이지 않았다. 모래로 이루어진 크고 작은 언덕들이 아득하게 펼쳐졌다. 길 양쪽으로 기다란 막대들이 꽂혀 있다. 가드레일이 없는 사막 지대에 눈이 오면 길을 찾는 이정표인 것 같다.

이 언덕이 끝인가 하면 또 끝이 보이지 않는 사막지대가 기다렸다. 사막 위로 난 좁은 길을 달려갔다. 끝도 없이 이어지는 사막의 넓이에 위축되어 내가 아주 작아져 가고 있다. 줌 카메라로 잡아당겼다가 다시 뒤로 밀어낼 때 사물이 조금씩 줄어드는 것처럼 점점 작아져 먼지 같은 존재가 되는 느낌이었다. 불모의 땅을 지나면서 아집과 과장으로 포장되었던 껍질을 벗고 겸손을 배운다. 감동은 꼭 아름다운 것에만 존재하는 것이 아닌가 보다.

스웨덴에서는 스톡홀름 시청사를 방문했다. 노벨상 시상식과 축하 만찬 연이 거행되는 곳이다. 100년 전에 랑나르 외스토베리가 설계하여 건립했다고 하는데 무척 아름다운 건물이다.

노벨박물관에도 들러서 역대 수상자에 대한 자료와 영상을 봤다. 노벨상은 인류의 복지에 공헌한 사람들에게 주는 상이다. 그들의 수고와 도움이 있어 우리의 삶이 윤택할 수 있기에 수상자들에게 경의를 표한다. 우리나라 김대중 대통령도 그들과 나란히 그곳에 있다.

노르웨이에서는 오슬로시청사도 둘러 보았다. 메인 홀의 벽면

이 온통 그림으로 장식되어 화려했다. 그곳에서 노벨평화상을 시상한다고 한다.

러시아에서 맞이한 새벽 풍경도 인상적이었다. 강가에 위치한 숙소에서였다. 깊은 잠을 자지 못하고 뒤척이다가 창문을 열고 테라스로 나가니 밤새 황홀하던 네온사인 불빛이 꺼지고 강물이 온통 붉은 핏빛으로 변해 넘실거렸다. 아침 해가 떠오르면서 강물을 붉게 물들이고, 노을은 동녘 하늘을 가득 메우고 있었다. 여행지에서 맞는 또 한 번의 아침이 주는 선물, 노르웨이와는 또 다른 모습으로 감동을 주는 일출이었다.

다녀온 지 여러 해가 지났지만, 북유럽 여행의 감동은 잊히지 않는다. 그 자연은 내가 본 최고의 걸작이었다.

PART 5
승광재를 찾기 위해

승광재를 찾기 위해

2년 전 봄, 선배와 같이 찾아간 곳이 포천 제안 대군 묘소였다. 내비게이션이 안내하는 대로 찾아갔는데 묘도 안내표지판도 보이지 않았다. 동네 주민에게 물어보고 포천시청에 전화했지만, 모른다는 대답만 들었다. 인근 부동산에 들어가 다시 물었고, 알려준 대로 산을 샅샅이 누비고 다녔다. 그래도 찾지 못했다. 태어나서 그렇게 많은 무덤을 찾아다니며 본 건 처음이었다.

막막해진 우리는 처음 도착했던 장소에서부터 다시 시작했고 곧 제안 대군 묘소를 찾을 수 있었다. 바로 곁에 두고 엉뚱한 곳을 헤매고 다녔다.

묘소 앞에서 참배하는 것으로 그날 답사를 마무리했다.

그것이 계기가 되어 답사 여행을 시작했다. 힐링을 위한 여행은 자주 가는 편이었지만 목적이 있는 답사 여행은 처음이라 느낌이 새로웠다.

선배의 인솔로 북악산 한양도성 길을 갔다. 첫날은 창의문을 거쳐 숙정문을 올랐고, 다음에는 인왕산 성곽길을 걸었다. 비대해진 서울 시가지를 내려다보며 그 옛날 한양 거리를 떠올려 보았다. 크고 작은 소용돌이 속에서 번창과 퇴락을 되풀이하며 이루어진 도시, 역사와 함께하며 한양을 지켜낸 수많은 인물, 그 양분 위에 쌓아 올린 거대한 도시, 아름다운 서울이 힘차게 박동하고 있다.

조선 제25대 왕 철종의 자취를 따라 강화에 갔다. 그가 어린 시절 살았던 용흥궁과 외가를 둘러보고, 첫사랑 길을 걸었다.

강화에 살 때 철종은 원봉이었고, 봉이를 만나 사랑했다. 둘은 사람들 눈을 피해 약수터에서 자주 만났고, 남장대 거쳐 찬 우물까지 숲길을 오가며 사랑을 나누었다고 한다.

그들이 함께 걸었을 첫사랑 길을 걸어 두 사람이 사랑을 나누던 약수터 샘물을 마셨다.

만약 철종이 왕의 자리를 버리고 첫사랑 봉이와 가난한 촌부로 살았다면 행복했을까? 제왕의 자리는 초라한 첫사랑과 바꾸기엔 너무 벅차고 큰 것이었을까? 역사의 뒤안길에서 눈물 흘리는 애처로운 여인의 모습이 떠올랐다.

강화 교동도에는 연산군 유배지가 있다.

천하를 호령하던 연산군이 좁은 마당의 초막에 앉아 있다. 초막은 숨이 막힐 정도로 좁았다. 불같은 성격의 그가 그런 곳에서 견디려니 얼마나 힘이 들었을까. 죄와 벌을 떠나 그 모습이 안쓰러웠다. 어머니 폐비 윤 씨의 원수를 용서했더라면 그는 성군이 되지 않았을까?

그를 뒤로하고 돌아오는 길에 그런 안타까움이 남았다.

단종 유배 길을 찾아가던 날은 장맛비가 주룩주룩 내렸다. 어린 왕의 슬픈 생애를 말해 주는 것 같았다.

노산군으로 강봉 당한 단종은 영월로 유배를 떠나면서 화양정에서 하룻밤을 묵었다고 한다. 화양정은 이후 벼락으로 유실되었다. 우리가 찾아갔을 땐 아름드리 느티나무만 700여 년 안타까운 역사를 품은 채 그곳을 지키고 있었다.

단종이 배를 탔던 광나루 터로 가는데 빗줄기가 거세졌다. 단종은 그곳에서 배를 타고 한강을 내려갔다고 한다. 광나루는 서울 주변의 중요한 나루터였으나 1936년 광진교가 생기면서 사라졌다. 지금은 그 흔적조차 없고 장맛비로 불어난 물만 도도히 흐르고 있다.

오락가락하던 비가 잠시 주춤거릴 때 단종이 한양 땅을 이별하고 건너간 살곶이다리로 갔다. 돌을 쌓아 만든 다리는 아주 견고해 보였다. 다시 돌아올 수 없는 다리를 건너는 단종의 마음은 얼마나 아팠을까? 그 심정을 아는지 모르는지 살곶이다리 주변엔 개망초꽃들만 무심히 피어 있다.

여주 골프장 안에 있는 어수정도 찾아갔다. 단종이 유배 가던 중 마셨다는 어수정은 그냥 마셔도 될 것처럼 깨끗해 보였다. 잘 보존된 우물 안에 파란 하늘과 구름이 떠 있다.

조선의 마지막 왕 고종과 순종이 잠든 남양주 홍유릉에 갔다. 기존 조선왕릉과는 다른 형식으로 조성되어 있는데, 능 입구부터 기린석, 코끼리석, 사자석 같은 동물석이 도열하고 있다. 화려한 동물석들이 어딘지 낯설었다.

조선국은 막을 내렸지만 두 황제가 잠든 능역陵域은 평화로웠다. 홍릉 뒤편으로는 영친왕 부부가 묻힌 영원, 그 뒤로 의친왕 부부의 합장묘, 덕혜옹주의 묘가 있다. 덕혜옹주의 묘 앞에 서니 소설 속 덕혜옹주의 일대기가 떠올랐다. 옹주로 태어나 그토록 고달픈 삶을 살 줄 짐작이나 했을까. 아픔으로 얼룩진 그녀의 인생을 생각하니 마음이 짠했다.

같은 지역에 있는 광해군 묘와 그이 어머니 공빈 김씨의 성묘에도 갔다. 광해군은 성묘를 햇볕이 잘 드는 양지 녘에 격식을 갖추어 모셨다. 그런데도 왠지 모르게 쓸쓸해 보였다.

비공개지역에 있는 광해군 묘는 문화재청의 허락을 받아 어렵게 찾아갔다. 한때, 조선의 왕이었으나 지금은 소나무 숲속에 초

라하게 묻혀 있다. 볕이 들지 않아 음산하고 잔디 대신 푸른 이
끼가 묘 전체를 덮고 있다. 오래된 비석이 쓸쓸히 묘를 지키고
있을 뿐, 그의 인생이 참 무상한 것 같다.

벚꽃이 만개한 봄날, 조선을 건국한 태조 이성계의 본향인 전
주에 갔다. 태조의 발자취를 따라 전주 곳곳을 여행하면서 오목
대에도 올랐다. 오목대는 황산에서 왜구를 토벌한 이성계가 승
전을 자축하는 연회를 열었던 곳이다. 그곳에서 내려다보는 한
옥마을은 옛이야기 속 그림 같았다.

태조의 어진이 모셔져 있는 경기전을 비롯해 한옥마을 곳곳
을 거닐었다.

승광재를 찾아갔다. 마지막 황손이 살고 계신 곳이다. 조선이
라는 나라는 역사 속으로 묻혔지만, 승광재 대문 안에 들어서니
조선으로 여행 온 것 같았다. 황손께서 대접해 주신 차를 마시
며 그분이 들려주는 이야기를 들었다. 종실 중 유일하게 독립운
동을 하셨다는 아버지 의친왕의 이야기를 하실 때는 자랑스러
운 듯 보였다. 황손과 나눈 차담은 한옥마을 여행을 더 의미 있
게 만들어 주었다.

한옥마을에 어둠이 내리면 낮보다 더 화려하다. 상점마다 가
지각색의 현란한 불빛들을 쏟아낸다.

숙소로 돌아와 잠자리에 들었지만 쉽게 잠이 올 것 같지 않았다. 어둠이 눈에 익으면서 일정하게 배열된 천장 서까래가 하얗게 빛났다. 이중창이라지만 창호지만 바른 문에서 찬바람이 새어들었다. 두꺼운 이불을 끌어올려 어깨까지 덮었다. 달아나는 잠을 붙잡으려 드니 저만큼 더 달아났다. 머릿속이 점점 맑아지면서 그동안의 여정이 생생히 떠오른다. 문득, 황손을 만나기 위해 그렇게 열심히 조선을 여행한 것일까, 하는 의문이 들었다.

그동안의 과정이 승광재에 오기 위한 절차였다면 승광재는 답사의 마침표를 찍는 종착역이 된다. 하지만 아직 역사에 목마른 난 또 다른 역사의 현장을 찾아 떠나는 미래를 꿈꾼다.

아버지 그늘

이른 아침, 친구와 함께 융건릉이 있는 화성으로 달려갔다. 약속 시각보다 일찍 도착한 우리는 벤치에 앉아 커피를 마시며 일행을 기다렸다. 숲에서 불어오는 바람이 시원하고 달착지근했다.

화성은 내가 사는 안양에서 그리 멀지 않은 곳이다. 소풍 삼아 몇 차례 방문한 적은 있지만, 능침 답사는 처음이었다.

융건릉은 융릉과 건릉을 합쳐 부르는 이름이다. 융릉은 정조가 그토록 사무치게 그리워하던 그의 아버지 사도세자가 잠들어 있고, 건릉은 정조가 계신 곳이다.

매표소를 통과하면 언덕 위에, 융릉과 건릉으로 갈리는 길이 나온다. 우리는 융릉으로 가는 길을 택하여 갔다. 인솔자인 선배는 2007년에 발견된 초장지에 관한 이야기를 들려주었다.

정조는 죽어서도 아버지 발밑에 묻히기를 원했고, 그래서 처음에는 융릉 아래에 안장되었다. 그때의 봉분 터가 2011년에 발굴된 '초장지'다.

융릉 입구에 있는 원대황교에서 오른쪽 길로 가면 정조의 초장지가 있다. 안내판이 없다면 능 자리라는 걸 알아보기 힘들었을 것이다. 나 역시 그곳에 가기 전에는 초장지의 존재조차 알지 못했다.

우리는 다시 숲길을 걸어서 장조(사도세자)와 헌경왕후(혜경궁 홍씨)가 잠들어 계신 융릉으로 향했다. 융릉 앞에는 곤신지라는 연못이 자리하고 있다. 곤신지란 곤신 방향 즉 남서향에 있는 연못이라는 뜻이다. 임금이 계시는 곳에는 보통 네모반듯한 연못을 조성하는데, 정조는 왕이 되지 못한 아버지를 용이라고 생각했고 그 용이 가지고 노는 것이 바로 여의주라는 생각으로 여의주같이 동그란 연못을 조성했다고 한다. 그 의미를 알고 나니 아버지를 사모하는 정조대왕의 마음이 느껴졌다.

능 입구 홍살문에서 바라본 능침은 정자각에서 약간 옆으로 비스듬하게 모셔져 있다. 뒤주에 갇혀 죽음을 맞은 아버지의 답답함을 헤아려서 앞이 확 트인 방향으로 능을 조성한 걸까. 정조의 마음이 엿보이는 것 같다.

능침 가까이 가니 밑에서 보던 것과는 달리 우리를 압도할 만큼 웅장하다. 병풍석 문양이 화려하고, 다양하게 배치된 문·무인석의 위용도 위엄이 있다. 혼유석의 크기도 어마어마하다. 당시 사도세자는 왕이 아니었지만, 아들 정조의 뜻에 따라 왕의 능침과 같은 모형으로 조성했다고 한다. 효성을 쏟았던 흔적을 곳곳에서 발견할 수 있었다. 아버지에게 안타까운 죽임을 당한 사도세자지만 아들의 지극한 효심에 조금이나마 위로받지 않았을까.

비스듬하게 경사진 융릉을 미끄럼 타듯이 내려와 돌아보니 능을 에워싸고 있는 소나무 군단이 기립 자세로 봉분을 지키고 있다. 푸른 솔들은 가을 하늘과 어우러져 그림처럼 아름답다. 슬픈 역사는 잊어버린 채…….

융릉과 건릉을 이어주는 오솔길은 참나무 숲으로 이루어져 있다. 걷는 곳마다 도토리들이 발길에 차인다. 가을이 깊었다고 말해 주는 것 같다.

드라마와 역사소설을 통해 익숙한 정조대왕의 뜨락에 서니 새삼 마음이 두근거린다. 드라마 속 배우처럼 잘생긴 정조대왕이 나와서 반겨 주는 상상을 하며 능침 가까이 다가갔다. 파란 잔디를 덮고 계신 그분을 향해 평소 가졌던 존경의 마음을 담아 정성껏 재배를 올렸다.

"편안하십니까?"

진심을 담아 그분의 안부를 조용히 여쭈었다. 그리고 찬찬히 난간석을 따라 봉분을 한 바퀴 돌아보았다. 뒤쪽에서부터 난간석에 십이지신이 새겨져 있다. 아버지가 모셔진 융릉에 비해 건릉 난간석 문양이 간결하다. 건릉보다 융릉이 훨씬 더 웅장하였는데 정조의 효심이 지극한 것을 후손들이 본받게 하려는 깊은 뜻이 숨어 있는 듯했다.

문인석과 무인석 사이에 서서 마치 그의 신하이기라도 한 듯 두 손 모으고 읍소했다. 할아버지와 아버지 사이에서 그분이 겪은 정신적 압박과 승냥이처럼 달려드는 당쟁의 틈새에서 신변의 위협을 감지하며 힘들게 지켜온 왕좌, 그러나 멋지게 포부를 펼쳐나간 그분이 지금 무거운 고뇌의 짐 다 내려놓고 여기 이곳에 잠들어 계신다.

늘씬하게 쭉쭉 뻗은 소나무들이 호위 군사처럼 능을 에워싸 지키고 있다. 아늑한 이곳에, 연모하던 아버지를 곁에 모셨으니 정조대왕도 아버지의 그늘진 역사에서 벗어나 편안해지셨을 것 같다. 아버지에 대한 애정이 남다르던 정조 대왕께선 부모님과 오랜 세월 나란히 누워계시니 그분은 이제 행복하실까? 만약 혼들이 존재한다면 부모님과 정답게 잔디밭을 노니면서 흡족해하실 것만 같다.

한참 전에 보았던 정조대왕에 관한 드라마가 생각난다. 정조를 가까이서 모시던 무관이 왕의 능에 와서 오열하는 모습이 너무 처절해 드라마를 보는 내내 따라서 같이 울었다. 그 기억 때문에 그 배우는 믿음직한 충신으로 마음속에 저장되어 있다. 그 드라마에 심취하여 건릉을 찾아온 적도 있었다. 누구나 능에 올라갈 수 있는 줄 알았다.

선배의 노력으로 문화재청의 허락을 받아 방문한 그 날의 답사는 일반인 출입제한구역인 능침 공간까지 들어갈 수 있도록 허용이 되어서 의미가 깊었다.

건릉을 뒤로하고 돌아서면서, 어쩌면 나는 그 당시 그를 사모하던 그의 백성으로 그 시대를 살지 않았을까? 기억할 수 없는 과거지만 막연하게 그랬으면 하는 생각을 했다.

여주의 오월

오월이 시작되는 주말 아침, 눈부신 햇살의 유혹에 이끌려 집을 나섰다. 마음이 설렘으로 부풀어 올랐다. 우리의 목적지는 여주, 예전부터 꼭 가보고 싶었던 영릉으로 향했다. 후손들이 살아가는 데 많은 도움이 되는 업적을 이루어 놓으신 분, 우리나라 역사상 가장 훌륭하다고 생각하는 왕, 세종대왕이 잠들어 계신 곳이다.

여주역에 도착해 보니 여주 관광 순환 버스를 운행하고 있다. 원하는 곳을 어렵지 않게 갈 수 있어 편리했다. 버스에서는 여주의 명소를 소개하는 방송을 하는데, 그 설명이 채 끝나기도 전에 버스는 영릉 주차장에 도착했다. 버스는 한 시간 뒤에 오는 순환버스를 이용하라는 공지사항을 남기고 떠났다.

처음 온 곳이라 나도 모르게 주변을 두리번거렸다. 평소 궁금했던 세종대왕의 공간을 볼 수 있는 것만으로도 최고의 여행이 될 것 같았다.

미끈하게 잘 자란 우람한 소나무들이 길 양편에 서서 안내 역할을 했다. 길을 따라 조금 올라가니 세종대왕의 영릉英陵은 좌측으로 900미터, 효종대왕의 영릉寧陵은 우측 150미터라는 안내 팻말이 있다. 마주 보는 산자락에 두 분의 임금이 모셔져 있다. 세종의 영릉과 효종의 영릉은 '여주 영릉과 영릉'이란 이름으로 묶어서 사적 제195호로 지정되어 있고, 두 묘역을 합쳐 영녕릉英寧陵이라 부르기도 한다.

세종대왕의 영릉이 있는 것만 알고 왔는데 뜻밖에 두 왕릉을 한 번의 기회에 참배할 수 있으니 보너스를 하사받는 기분이다.

가까운 곳부터 가자는 남편의 말을 따라 효종대왕의 영릉으로 향했다. 위로 바라다보이는 능의 모습은 웅장하면서도 우아하다. 조선 17대 임금이셨던 효종대왕의 능은 왕비의 능을 약간 비스듬히 하여 위아래로 모셔져 있다. 능과 능 사이로 길이나 있어 어렵지 않게 능의 모습을 살펴볼 수가 있다.

능 사이로 난 길을 걷다 보니 마치 조상 묘에 성묘라도 온 듯 친근한 기분이 들었다.

봉림대군 시절, 병자호란에 패하여 청나라에 인질로 끌려가는 수난을 겪은 효종대왕은 재위 시절 북벌을 계획하면서 군사력을 키웠다. 인질 생활을 할 때 받은 스트레스 때문인지 갑자기 돌아가시어 아쉽게도 꿈은 이루지 못했다.

문·무인석이 어우러지고 묘태석과 능을 지키는 여러 형상의 석물들은 자유분방하면서도 늠름해 보였다. 볼모 시절 겪었던 아픔이 능 주위를 감싸고 있는 한적함과 평온함으로 치유가 되었을 것 같다.

효종대왕의 영릉을 뒤로하고 또 다른 영릉인 세종대왕의 능으로 바쁘게 걸음을 재촉했다. 능으로 가는 오솔길은 나무숲으로 우거져있고 야트막한 언덕으로 이어졌다. 능 옆으로 난 계단을 올라가니 세종대왕 능이 소담스럽게 모셔져 있다. 하나의 봉분 아래 석실 2개를 붙여 왕과 왕비를 함께 안치한 조선왕릉 최초의 합장 능이라고 한다.

커다란 혼유석과 묘태석, 문·무인석, 여러 모형의 동물 석이 나열하여 서 있는 모습이 아기자기하고 소박하다.

세종대왕의 영릉은 가까이에서 볼 수 있도록 능침 바로 앞까지 길이 연결되어 있다. 살아계실 때도 백성을 늘 사랑하시더니 사후에도 능침 바로 앞까지 백성을 다가오게 하신다. 백성을 향한 그분의 사랑은 현재까지 계속하여 이어지는 진행형이라고 믿고 싶다.

세종대왕 능은 서울 내곡동에 모셔져 있다가 자리가 불길하다 하여 명당인 여주로 천장하였다. 여주는 그분 어머니의 고향이기도 하다. 이중환의 택리지에는 "영릉은 장헌대왕(세종)이 묻힌 곳인데, 용이 몸을 돌려 자룡으로 입수하고, 신방에서 물을 얼어 진방으로 빠지니 모든 능 중에서 으뜸이다." 라고 쓰였다.

생존에도 사후에도 늘 존경받는 세종대왕께 겸손히 인사를 올린다. 두고두고 칭송이 그치지 않는 세종대왕의 후덕함은 아주 먼 훗날까지도 이어질 것이다.

세종대왕은 조선 제4대 왕으로 본명은 이도이며, 조선 최고의 전성기를 구가하신 분이다. 1446년 훈민정음을 창제, 반포하시고, 예치주의 예禮, 악樂, 형形, 정政 실천과 천문학 및 농업의 발달 등, 눈부신 발전을 이루었다. 그 외에도 훌륭한 업적은 많고도 많다. 얼마 전에는 인도네시아의 찌아찌아 부족에게 한글이 수출되었다고 한다. 오백여 년이 지나서도 그분의 업적은 계속 빛을 발하고 있다.

만인지상의 자리에서도 지위 여하를 가리지 않고 천민들까지다 "나의 백성" 이라고 차별 없이 사랑하신 그분은 존경받아 마땅한 분이다. 너 나 할 것 없이 조금만 높은 위치에 있으면 갑질이 난무하는 세태에서 참으로 본받아야 할 덕목인 것 같다. 그분의 능 앞에서 부족하지만 배려하며 살아가야겠다는 다짐을 한다.

버스 운행 시간에 쫓겨 인증사진 하나만 남기고 급하게 능을 떠나야 하는 것이 못내 아쉬웠다. 미련이 남아 자꾸 뒤돌아보자 남편이, 버스 시간에 맞추려면 빨리 가야 한다고 재촉했다. 산에서 내려오는데 많은 생각이 스쳤다. 어떤 모습으로 살다가 어떻게 가야 할까? 훗날, 자손들 기억 속에 남겨질 평가를 위해 나는 나의 삶을 어떻게 만들어야 할까?

신록이 날로 푸르러지는 계절 오월에 또 하나의 과제를 안고 돌아왔다. 여주 여행이 남긴 의미가 내일로 이어지기를 소망하면서.

부여 나들이

코로나 19가 끝날 줄 모르고 퍼져 나가는 중에 더위도 평년보다 빠르게 찾아왔다. 불쾌지수는 높아지고 무엇에도 집중할 수 없었다. 갑갑하고 지루한 일상에서 벗어나려고 길을 나섰다.

의자왕과 삼천궁녀의 전설이 애달픈 부소산성 낙화암으로 갔다. 부소산성 길은 숲이 울창했다. 백제의 풍상을 같이 겪으며 자리를 지킨 수목들이 짙은 그늘을 드리웠다.

이어지는 길을 따라 묵묵히 걸었다. 숲길을 걷는데도 한참 가다 보니 얼굴과 등에 땀이 흐른다. 몇 발자국 앞서 걷던 남편이 힘겹게 따라가는 나를 기다리고 서 있다. 신혼 때는 으레 팔을 내밀어 팔짱을 끼게 해 주던 남편이었는데 언제부터인가 각자 혼자 걷는 것에 익숙해졌다. 서로 의지하며 걸어야 할 시기에 오히려 앞서거니 뒤서거니 따로따로 걷는다. 그게 조금은 헛헛하다.

산책하는 사람이 가끔 눈에 뜨일 뿐 성터는 한가롭고 조용하다. 절정으로 무르익어 가는 여름 숲 향기에 지친 일상을 잠시 내려놓는다. 비록 손잡는 것은 잊어버렸지만 함께 가는 여행은 여전히 설렌다. 타지에서 마주치는 낯섦이 좋다.

백마강으로 떨어지는 삼천궁녀의 모습이 꽃과 같았다는 낙화암에 서서 그날을 상상해 본다. 당나라 군사에게 쫓기던 백제 여인들은 더는 도망갈 곳이 없자 수모를 겪지 않으려고 스스로 절벽 아래로 몸을 던졌다고 한다. 치맛자락으로 감싸고 강으로 떨어질 때 그녀들의 심정은 어떠하였을까. 나무와 풀이 우거진 지금의 낙화암에서는 옛 자취를 찾아볼 수가 없다. 무심히 흐르는 백마강은 그 옛날 비화를 알고 흐르는 걸까. 꽃보다 고운 젊은 여인들의 충절이 애처롭다.

낙화암 정상 바위 위에 날렵하게 앉아 있는 백화정은 1929년 당시 부여군수가 궁녀들의 원혼을 달래기 위해 지었다고 한다. 절벽에서 떨어져 산화한 궁녀들을 꽃으로 비유해 백화정이라 이름했다는 그 난간에 기대어 찬란했던 옛 부여의 역사를 그려본다. 지나가던 한줄기 강바람이 건듯 마음을 흔든다.

고란초의 약효가 약수로 스며들어 마시면 젊어진다는 고란사 약수터로 갔다. 우리보다 먼저 온 부부 여행객이 젊어지려고 배가 터지도록 물을 마셨다고 자랑한다. 그들과 마주 보며 한바탕 웃었다. 누구나 젊어지고 싶은 욕망은 인간의 본능인가 보다.

　도심 한가운데 자리한 정림사지는 멀리서도 담장 너머 우뚝 솟은 석탑이 보인다. 규모로 보아 백제 불교가 얼마나 융성했는지 짐작할 수 있다. 정림사지 내, 오층 석탑은 미륵사지 석탑과 함께 우리나라 석탑 역사에 중요한 가치를 지닌 문화재다. 석탑이 품고 있는 위엄은 저절로 두 손을 모아 경의를 표하게 한다.
　웅장하고 화려했던 옛 사찰의 모습은 덩그러니 형태만 복원되어 있다. 법당이 원래의 제 모습을 갖추고 불법이 전수되는 사찰의 기능을 되찾기를 기원해 본다.

　유네스코 세계유산에 등재된 부여왕릉원 방향으로 달려갔다. 고분군이 보이기 시작하자 까닭 없이 마음이 설렌다. 능산리 고분군은 사비 시대의 백제 왕릉 묘역이다. 정비된 중앙 부분의 7기를 포함해 3개의 무덤 군, 총 16기가 있다. 7기의 무덤은 사비 시대 역대 왕들의 무덤으로 추정하고 있지만, 이미 도굴을 당해 누구의 무덤인지는 전혀 알 수가 없다고 한다.
　관람로를 따라 서둘러 왕릉원으로 들어갔다. 관람로마다 아름다운 금동대향로가 그려져 있다. 연두색의 잔디 옷을 입은 둥근 능선은 커다란 호빵을 연상케 한다. 만지면 호빵처럼 푹신하고 부드러울 것만 같다.

고분군들이 분포된 넓은 뜰에 서서 사방을 둘러보았다. 위엄이 느껴지기보다 오히려 정겹다. 마음이 차분하게 가라앉으면서 푸근해진다.

돌아보고 나오는 길목에서 커다란 비석과 마주쳤다. 의자왕의 단비이다. 재위 초기 왕권 강화에 노력하고 고구려와 연합하여 신라를 견제하는 대외정책을 펼쳤던 그는 총명한 왕이었지만, 끝내 백제를 지켜내지 못한 마지막 왕이 되고 말았다. 의자왕은 아들 융과 당나라로 끌려가 그곳에서 죽었다고 한다. 고구려 시조인 주몽의 아들 온조대왕이 하남에 건국한 백제는 700년의 찬란한 역사를 뒤로하고 31대 의자왕에서 막을 내렸다.

천년이 넘는 시간이 흘러갔다. 백제의 도읍지였던 부여군에서 의자왕 묘 찾기 사업을 시작하여 1995년, 당나라 수도였던 낙양에서 의자왕 묘로 추정되는 지역을 발견하였다. 1998년에 부여군은 낙양시와 자매결연을 하고 2000년 4월에 낙양 북망산에서 의자왕의 영토를 모셔왔다. 고란사에 봉안하였다가 그해 9월에 능산리 선왕의 능원에 단을 마련하였다. 아들 융의 단도 아버지 옆에 만들어졌다. 그들은 세상 떠난 지 1340년 지나서야 고국으로 돌아왔다. 천년의 시간을 뛰어넘어 뿌리를 찾은 후손의 정성이 지극하다.

의자왕의 넋이 있다면 고국 땅으로 돌아온 것이 마냥 기쁘기만 할까, 아니면 후손에게 부끄러울까.

백제의 땅에서 벗어나 집으로 돌아오는 길, 짧은 시간이었지만 많은 것을 느끼고 체험한 부여 나들이가 뿌듯하다. 가고 싶다는 곳으로 앞장서서 안내해 준 남편과 함께해서 더 오붓했던 시간이었다.

고도古都의 석양

　밤부터 비가 내렸다. 입만 열면 덥다는 말이 습관처럼 터져 나오더니 비에 쓸려 거짓말처럼 사라졌다. 시원한 빗길을 걷는다. 우산 위로 미끄럼 타듯 내려오는 빗물이 부드럽다. 나뭇잎이 조금씩 물들기 시작했다. 계절이 바뀌기 전에 어디로든 떠나고 싶다. 살아온 날들보다 살아야 할 날들이 짧으니 망설일 여유가 없다. 우리는 천년고도 경주를 선택하고 여행을 떠났다. 여행의 목표는 금오산을 오르고 능을 참배하는 것이다.

　도착 첫날, 능을 먼저 답사하기로 했다.

　오후 두 시경 경주에 도착한 우리는 역 사물함에 짐을 보관하고 신문왕릉으로 향하는 버스에 오른다. 경주에 여러 번 왔지만, 능 참배는 처음이다. 추석 연휴의 끝자락이어서 길거리는 온통 소풍 나온 사람들과 여행객으로 넘쳐난다. 차들이 일렬로 늘어선 도로는 주차장을 방불케 한다. 차라리 걷는 게 빠를 것 같다.

더딘 속도에 짜증이 날 즈음, 버스는 신문왕릉 앞 정류장, 낯선 거리에 우리를 내려 준다.

주차장을 지나 능으로 향한 작은 문을 열고 들어서니 바로 눈앞에 신문왕릉이 있다. 상상했던 것보다 더 웅장하다. 어마어마한 봉분 크기에 절로 입이 벌어진다. 능 둘레돌은 벽돌처럼 다듬어 5단으로 쌓고 옆에는 무너짐을 방지하기 위해 받침돌 44개를 세웠다. 가슴 높이까지 쌓아 올린 돌이 견고하다. 조선 시대 왕릉처럼 화려하지는 않지만, 능의 크기에 놀라고 주변에서 느껴지는 범상치 않은 분위기에 절로 숙연해진다.

커다란 능 주변을 돌면서 신문왕의 피리 만파식적을 생각한다. 근심 걱정을 잠재운다는 신기한 피리. 전설 속 만파식적 피리가 현재까지 보전되었다면 오늘을 살아가는 현대인들의 삶이 좀 더 행복했을까.

1300년 전에 살다 가신 이분의 모습은 어떠하였을까? 드라마에서 봤던 왕들처럼 멋졌을까?

우리나라 최초의 여왕이었던 선덕여왕을 만나기 위해 다시 발걸음을 재촉한다. 소나무가 무성하게 우거진 산길을 한참 숨차게 오르고 나서야 높은 봉분과 마주한다. 산속에 자리한 여왕의 능은 단아하면서도 아름답다. 가쁜 숨을 가라앉히며 경건한 마음으로 능 앞에 서서 참배한다.

1380년 전에 이 땅에 살았던 여왕을 상상해 본다. 당나라에서 가져온 모란꽃 그림만 보고도 그 꽃의 향기 없음을 알고, 왕궁 서쪽의 옥문지에 개구리가 많이 모여든다는 이야기만 듣고도 백제군이 잠입해 있다는 사실을 예견했다는 여왕. 그래서 역사가는 여왕을 두고 성품이 관대하고 어질며 총명하다고 기록했나 보다. 여왕을 사모하다 이룰 수 없는 사랑에 불귀신이 된 지귀 설화에서는 사랑의 무모함을 배운다. 선덕여왕은 자신을 향한 지귀의 사랑에 연민을 느껴 금팔찌를 주지만, 여왕을 향한 지귀의 욕망은 그를 불귀신으로 만든다.

책이나 드라마를 통해 전해지는 이야기는 감동을 준다. 하지만 여성의 신분으로 그 자리를 지켜내는 게 절대 쉽지 않았을 것이다.

여왕의 높은 봉분을 울창한 송림이 병사처럼 에워싸 호위하고 있다. 그 사이로 해가 저물며 그늘이 깊게 드리워진다. 산속은 제 그림자로 인해 어둠이 먼저 찾아든다. 아쉬운 발길을 돌리려니 미련이 남아 자꾸만 뒤를 돌아본다.

다음 목적지는 대원릉이다. 도로는 여전히 주차장 상태라 걷는 편이 빠를 것 같다. 이정표를 따라 발걸음을 재촉한다. 대원릉에 도착을 했을 때 뒤따라오던 초가을 햇살이 서산마루 위에 걸렸다. 멀리 우뚝 솟은 봉분들이 겹겹이 펼쳐져 있다. 누구의 능인지 알 수는 없으나 너른 잔디밭이 이어지고 곳곳에 크고 작은 고분들이 산재해 있다. 처음 보는 신비한 광경이다.

저녁노을이 내려앉은 잔디밭에는 가족들, 연인들, 친구들과 관광객이 넘쳐난다. 어른, 아이 모두 하나같이 웃음을 머금고 있다. 우리도 길가 노점에 앉아 시원한 캔 맥주로 더위를 날려 보낸다. 석양의 마지막 빛이 강렬하다. 등으로 햇빛을 막아 보지만 그러기엔 내 몸이 너무 작다. 물체에 부딪혀 반사된 빛이 눈부셔서 저절로 눈이 감긴다. 산마루를 넘고 있는 저 태양처럼 나의 삶도 황혼의 언저리쯤 와 있으려나…….

월궁을 돌아 첨성대에 도착할 즈음, 노을의 마지막 여운도 자취를 감춘다. 이윽고 조명등이 켜지고 첨성대는 불빛 속에서 아름답게 다시 태어난다. 첨성대를 둘러싼 젊은이들은 사진 찍기에 분주하다. 그들 사이에서 사진을 찍으면 다시 젊어질 것 같은 기분에 우리 일행도 열심히 셔터를 누른다. 어둠이 물드는 하늘로 꼬리연이 날아올라 허공을 가득 메운다. 아이들은 〈들어가지 마시오〉라는 팻말 앞에서 훌쩍 울타리를 뛰어넘는다. 경비원이 호루라기를 불며 나가라고 손짓하지만, 그 소리에 귀를 기울이는 사람은 아무도 없다. 모두가 즐거운 표정이다. 바라보는 우리도 덩달아 행복하다.

그 옛날 선덕여왕도 이 자리에서 아름다운 저녁놀을 바라보지 않았을까? 여왕의 모습을 흉내라도 내는 듯 서쪽 하늘을 바라본다. 해가 사라진 자리에 주황색 노을이 곱다. 나의 삶도 저 노을처럼 강렬하게 발광하기를 염원한다. 살아있음에 의미를 두기보다는 가치 있는 삶을 추구하기를…….

천년고도에서 마주한 일몰, 그 마지막 발광은 여행이 끝난 후에도 쉽게 잊히지 않을 것 같다.

여행 이튿날은 금오산에 올랐다. 금오산은 경주 남쪽에 있어 남산이라 불리는데 불교의 유적이 가득한 산으로 알려져 있다.

고석정

  지난 주말 아침, 철원 고석정에 다녀왔다. 여름에 우연히 들러 잠깐 보고 온 것이 못내 아쉬워서 남편에게 다시 가보자고 보채듯 조르는 사이에 한겨울이 되고 말았다.

  강원도라 꽤 추울 줄 알았는데 생각보다 날씨가 온화했다. 삼삼오오 무리를 지어 고석정을 찾은 사람들도 많았다. 코로나 19에 갇혀버린 사람들이 답답한 마음에 탁 트인 공간을 찾아 나섰나 보다. 고석정 광장의 임꺽정 동상은 겨울인데도 불구하고 저고리를 벗은 채 근육질 몸매를 자랑했다. 웬일인지 여름에 쓰고 있던 마스크도 벗었다. 우리에게도 마스크를 벗어던질 날이 하루속히 돌아왔으면 좋겠다. 어떤 이는 탐난다는 듯 임꺽정의 팔뚝을 매만지고 있다.

  철원 동송읍 장흥리에 있는 고석정孤石亭은 신라 때 지은 2층 누각인데, 한국전쟁 중에 소실된 것을 1971년 새로 세웠다. 지금은 한탄강 중류에 위치한 정자와 바위를 포함한 그 지역을 고석정이라 부른다.

정자는 강으로 내려가는 길목에, 커다란 나무들을 배경으로 위풍당당하게 서 있다. 정자에서 내려다보면 강물에 발을 담근 채 우뚝 솟은 커다란 바위가 보인다. 고석바위다. 약 1억 년 전, 중생대 백악기 마그마에 의해 생성된 화강암 바위라고 한다. 그 긴 세월을 홀로 서 있어 외로울 고孤, '고석바위' 일까.

이 바위는 조선 명종 때, 의적이었던 임꺽정의 근거지로 더 유명하다. 바위 꼭대기에 있는 틈으로 들어가면 동굴이 나오는데 임꺽정이 거기에 몸을 숨기고 살았다고 한다. 관군에 쫓기던 임꺽정이 바위 밑으로 들어가 이무기가 되었다는 전설도 있다.

그 바위 위에 자리 잡고 살아가는 푸른 소나무는 다시 봐도 멋스럽다. 신라 진평왕과 고려 충숙왕이 유람을 왔다는 것도, 철원 9경에 속하는 것도 이 아름다운 풍경 때문일 것이다.

50년 전에 맛있는 도시락과 음료로 가득 찬 가방을 메고 친구들과 고석정으로 소풍 왔었다. 그때는 강 주변에 영산홍이 곱게 피어있었다. 현무암 검은 바위틈에 피어 진분홍빛이 더 고왔는데 이제 그 꽃밭은 흔적도 없다. 오색 불빛 현란한 상점들이 처음부터 제집이었던 것처럼 그 자리를 차지하고 있다.

세월이 가져온 변화에 내 기억들은 쉽게 적응하지 못한다.

활기차게 움직이는 사람들 사이에 합류하여 정자로 가는 가파른 계단을 조심스럽게 내려갔다. 여름철엔 배가 손님을 태워서 강가 멋진 풍경을 관람시켰는데, 그 한탄강 물이 꽁꽁 얼음으로 변했다. 강가 삼각주를 이룬 모래밭에 관리소가 생기고 물 위에는 네모난 플라스틱 통을 엮어서 만든 다리가 놓였다. 물 윗길(부교) 산책 코스이다. 10월부터 3월까지만 운영되는 물 윗길 걷는 구간은 2.4km라고 한다. 사람들 뒤를 따라 다리 위를 걷는다. 걸을 때마다 플라스틱 통들이 물과 마찰을 일으키며 출렁거린다. 다리 양옆에 난간은 있지만 흔들리는 다리 위를 걸으려니 살짝 겁이 나면서도 찰박거리는 느낌이 재미있다.

한탄강 유역은 수십만 년의 시간이 빚어낸 작품이다. 현무암 협곡의 기괴한 바위들이 시선을 압도한다. 강가 양쪽으로는 신비하고 듬직한 바위들이 펼쳐지고, 높은 절벽은 주상절리로 이어진다. 하얀색의 커다란 바위가 또 다른 흰색의 바위를 업고 있다. 걷는 내내 색다른 모양의 바위들과 만난다. 특이한 바위 옆을 지날 때마다 사진을 찍는 사람들의 손길이 분주하다. 바위와 주상절리를 따라가는 내 눈길도 분주하다.

강가에는 현무암 아닌 자갈돌도 많다. 군데군데 옹기종기 돌탑을 쌓아 놓았다. 사람들의 소망이 깃든 크고 작은 돌탑 또한 그곳의 진풍경이다. 나는 돌탑을 쌓는 대신 쌓여있는 돌탑을 바라본다. 모양과 크기는 제각각 다르지만 꿈을 이루고픈 마음은

다 같을 텐데, 그들의 간절한 소망이 꼭 이루어지라고, 나의 소망을 탑 위에 올려놓는다.

강의 가장자리는 얼음이 얼어 그 위로 눈이 살짝 덮였지만, 강 한가운데로 흐르는 물은 사람들이 움직일 때마다 꿀렁거린다. 하류로 내려갈수록 수심이 깊어지는지 푸른 물이 하얀 거품을 일으킨다. 한탄강은 일년 내내 물이 마르지 않는 수원이 풍부한 강이다. 비가 많이 올 때는 고석정 바위가 물에 잠기고 소나무만 보인다고 한다.

고석바위는 일억 년을 변함없이 서 있지만, 그 곁을 휘돌아 흐르는 물은 언제나 쉬지 않고 흘러가는 새로운 물이다.

철원 한탄강 주상절리길은 2020년 7월, 유네스코로부터 세계 지질공원으로 인증되었다.

트레킹을 마치고 힘들게 계단을 올라오는데 그 옆으로 고석정에서 촬영했던 영화와 드라마 포스터들이 즐비하게 서 있다. 촬영지로도 유명한 그곳엔 겨울에도 사람들이 북적인다. 오랜 세월 홀로여서 고독하다는 고석정, 그를 찾는 많은 인파로 인해 이제 더는 외롭지 않을 것 같다.

황금의 땅

인천공항을 향해 버스는 시원스럽게 달려갔다. 바다 위의 대교를 건너는데 하늘과 바다가 같은 색의 옷을 입고 있다. 하늘엔 하얀 구름이 몽글몽글 정겹게 피어오르고, 미지의 땅으로 떠나는 나의 호기심도 잭의 콩나무처럼 무럭무럭 자라서 구름 위로 날아가고 있다.

〈바간〉

성지순례를 목적으로 떠난 여행에서 첫발을 디딘 곳은 미얀마의 '바간'이다. 바간은 미얀마 불교의 중심인 파고다의 도시이다. 11세기 중엽부터 13세기 후반까지 5,000기를 넘는 불탑이 세워졌다고 한다. 몇 차례 지진과 세월의 흐름으로 인해 지금은 그 수가 절반 정도로 줄었는데도 도처에 붉은 탑이 산재해 있다. 버스를 타고 몇 시간을 이동하는 동안에도 눈이 닿는 곳마다 붉은 벽돌 탑이다. 그 많은 탑을 누가 다 쌓은 것일까. 처음

보는 풍경이 그저 신기할 뿐이다. 미얀마는 국민의 90%가 불교인이라 자녀의 탄생이나 집안의 경사가 있을 때마다 탑을 쌓았다고 가이드가 살짝 귀띔해 준다. 벽돌 하나하나마다 사람들의 간절한 염원이 들어 있어서인지 탑과 마주칠 때마다 경이로운 감동이 밀려왔다.

바간에서는 주로 사원을 둘러보았다. 가장 기억에 남는 건 '쉐지곤 파고다'이다. '쉐지곤'은 '황금 모래 언덕'이라는 뜻으로 바간의 크고 아름다운 불교 사원 중 최고다. 쉐지곤 이후 세워진 미얀마 파고다의 모델이 되었다. 11세기 건립된 금빛 테라스 형식의 사원으로 부처의 치사리가 안치되어 있고 유네스코 세계문화유산으로 지정되었다.

우리나라 사찰 모습과 전혀 다른 양식의 모습이 신기했다. 사원은 모두 탑의 형식으로 이루어졌는데, 넓이와 크기가 엄청나고 탑은 하늘에 닿을 만큼 높다. 모두 눈부신 황금빛이다.

틸로민로 사원은 붉은 벽돌로 이루어져 소박하다. 황금 탑을 보면서 들떴던 마음이 차분히 가라앉는다. 붉은 외벽에는 화려한 조각, 문양의 흔적들이 남아 있어 과거의 풍요로웠던 모습을 충분히 그려볼 수 있었다. 사원 안에는 동서남북, 각각 입석의 부처를 모셨다. 옅은 미소를 띤 부처가 두 손 모아 합장한 사람들을 지그시 내려다봤다. 부처의 눈이 나를 보는 것 같아서 한

동안 불안을 바라보았다.

〈만달레이〉

미얀마 마지막 왕조 시절의 수도였던 만달레이는 '미얀마 불멸의 심장'을 뜻하는 중요한 불교의 중심지이다. 도시 곳곳에 사원의 황금 탑들이 하늘을 찌를 듯이 높이 솟아 있고, 뜨거운 남쪽 나라 태양으로 인해 황금 탑은 눈부시게 찬란했다.

하얀 탑 2,500개가 황금 탑을 에워싸고 있는 쿠도도 파고다 탑들은 시선이 부족하여 다 볼 수가 없었다. 탑마다 불경 적힌 석판이 들어있다. 우리나라 해인사의 팔만대장경과 비슷한 미얀마판 팔만대장경이라 할 수 있다.

팔만대장경은 몽골의 침략을 막으려고 1236년 고려 고종 때, 관청(대장도감)에서 만들었다. 쿠도도 파고다는 세계에서 제일 큰 불경 책으로 불리는데, 침략 국가 영국이 불교를 말살시키고 기독교를 전파하려 하자 불교의 보전을 위해 729개의 석판에 불교 경전을 새겨 석판 하나하나를 석탑 속에 넣어 보전하였다.

만달레이에는 삼천 명의 학승들이 모여 수행을 하는 수도원이 있다. 사시巳時에 천 명이 넘는 스님들이 발우 공양하러 가는 행렬이 끝이 보이지 않게 이어져 장관을 이룬다. 그 모습이 여행객의 시선을 사로잡아 관광 상품처럼 되었다. 구경하고 선 많은 사람 틈새에 끼어 서서 행렬을 지켜보다가 동자승 손에 들려 있는 접시 위에, 존중하는 마음을 담아 초콜릿과 미얀마 지폐를 조심스럽게 올려놓았다. 철없이 뛰어놀 나이에 수도의 길을 걷는 동자승 모습이 짠했다. 어떤 염원을 하든 그들의 염원이 다 이루어지기를 기도했다.

생불 황금 불상으로 유명한 마하무니 사원은 미얀마인들이 가장 신성하게 여기는 곳이다. 소원이 꼭 이루어진다 해서 생불 앞에는 벌써 많은 사람이 모여 앉아 기도 중이었다. 부처가 모셔진 단 위로 올라가 불상에 금을 덧붙이는 사람은 모두 남자다. 여자는 단 위에 올라갈 수 없기 때문이다. 대부분의 관람자가 여자이니, 이미 비대해진 불상이 더 비대해지는 것을 방지하기 위한 방편일 거라는 생각으로 아쉬운 마음을 접었다. 그리고 두 손 모아 간절히 기원했다. 이생에 함께한 남편과 자식들과의 인연이 다음 생까지 이어지기를……

〈양곤〉
미얀마 수도 양곤은 화려하고, 장엄하다. 어떤 찬사로도 부족하리만치 웅장하면서도 섬세하다. 까바이에 사원에서 부처님 진신 사리를 친견하는 특별한 체험을 하였다. 이런 신비한 경험을 할 수 있는 기회가 내 생애 다시 올 수 있을 것 같지 않아 더 소중하다. 부처님 앞에 삼배하고, 무릎 꿇고 앉으니 진행하시는 분이 사리가 담긴 유리 탑을 쟁반 위에 올린다. 그런 다음 그걸 내 머리 위에 얹는다. 일어나 유리 탑 안에 사리를 친견한다. 녹두만 한 크기의 보석이 반짝인다. 엄숙한 분위기에 압도되고 새로운 체험을 하는 감격의 순간이다. 뭔가 알 수 없는 것이 가슴 가득 차올랐다.

사원을 참배할 때는 맨발로 다녀야 했다. 버스에 신발을 벗어 놓고 맨발로 걸어 사원까지 가야 하고 사원 내도 맨발로 탐방해야 한다. 맨발 체험이 처음이라 낯설었다. 이물질에 찔릴까 염려도 되고 자갈길을 걸을 때는 아프기도 했다. 발바닥에 묻은 모래를 털어내는 것도 번거로웠다. 그래도 여러 번 거듭하니 맨발로 걷는 것에 익숙해졌다. 무엇이든 반복하면 쉬워지는 것처럼.

맨발인 채로 스님 뒤를 따라 무심코 들어간 법당 안, 숨이 꽉 막혔다. 눈을 의심하리만치 거대한 불상이, 전각 안에 공간 하나 없이 꽉 낀 채 누워계셨다. 비대한 몸집을 보고 있으니 산소가 부족하여 숨이 막히는 것 같다. 이렇게 거대한 부처님을 어떻게 이 좁은 전각 안으로 모셨을까? 부처님의 뒷모습을 보려면 전각을 나와 밖으로 돌아서 다시 뒷문으로 들어가야 볼 수가 있다. 부처님은 거대한 몸집을 좁은 공간에 누이고 우리에게 어떤 가르침을 주려 하심일까?

미얀마 전체의 랜드 마크이자 미얀마 불교도들의 정신적 지주, 99. 2m 높이의 황금대탑. 석가모니의 머리카락 8개가 안치된 쉐다곤 파고다는 이번 여행의 정점이다.

저녁 햇살을 받아 반짝이는 황금 파고다의 장엄함이 눈앞에 펼쳐졌다. 사원 전체가 황홀경이다. 나도 모르게 머리를 숙이고 두 손을 모아 합장했다. 그리고 마음을 다해 기원했다. 세세생생 부처님 전에 태어날 수 있기를.

대탑을 둘러싸고 황금 울타리를 이룬 크고 작은 탑들의 행렬은 화려함의 극치다. 전각마다 편안히 앉아서 여행객을 맞는 부처들의 모습은 자애롭고 평온하다.

한 곳이라도 더 보겠다는 열망으로 넓은 사원 이곳저곳을 바쁘게 돌아다녔다. 전각마다 모셔진 부처님을 향해 삼배를 올리면서 탑을 돌고 돌아서 원위치까지 돌아왔을 때 석양이 지고 있다. 하늘 높이 치솟은 탑에 햇살이 부서진다. 다시 탑을 우러러보며 법화경 예찬의 한 구절을 생각했다.

"다보여래 부처님이 서원하시길 시방 국토 어디에도 법화경 설한 곳에 보배 탑이 솟아올라 설법을 듣고 여래의 진리임을 증명하리라"

불쑥불쑥 솟아 있는 미얀마의 탑들도 사람의 힘으로 세운 것이 아니라 법화경 설법을 들으려 저절로 땅에서 불끈 솟아오른 것은 아닐까? 저 많은 탑을 어떻게 사람의 힘으로만 건설할 수 있을까?

내가 본 불국토 미얀마는 부처님의 향기가 넘쳐나는 눈부신 황금의 땅이었다.